अपनी-अपनी बीमारी

हरिशंकर परसाई (1922-1995) आधुनिक हिन्दी साहित्य के शीर्षस्थ व्यंग्यकार हैं। उनसे पहले हिन्दी का हास्य-व्यंग्य साहित्य महज़ हंसने-हंसाने की चीज़ समझा जाता था, परसाई जी ने अपनी पैनी दृष्टि और चुटीली भाषा से उसमें धार पैदा की और दृष्टिसंपन्न बनाया।

परसाई जी का जन्म होशंगाबाद (म.प्र.) जिले के जमानी गांव में हुआ और नागपुर विश्वविद्यालय से उन्होंने हिन्दी साहित्य में एम. ए. की उपाधि अर्जित की। आजीविका के क्षेत्र में उन्होंने अध्यापक का पेशा चुना। 1957 में अध्यापन की से मुक्ति लेकर वे पूरी तरह साहित्य-सेवा को समर्पित हो गये। उन्होंने पत्र पत्रिकाओं में नियमित व्यंग्य कालम लिखे, जो बहुत लोकप्रिय हुए। मुक्तिबोध आदि साहित्यकार मित्रों के सहयोग से उन्होंने 'वसुधा' नाम की साहित्यिक पत्रिका निकाली, जो त्रैमासिक रूप में आज भी निकल रही है। उपन्यास, कहानी और व्यंग्य विधाओं में उनकी एक दर्जन से ऊपर पुस्तकें प्रकाशित हुईं। छह खंडों में उनकी सम्पूर्ण रचनाएं भी आ चुकी है।

'विकलांग श्रद्धा का दौर' पर उन्हें साहित्य अकादमी पुरस्कार प्रदान किया गया। 'अपनी अपनी बीमारी' में संग्रहीत परसाई जी की व्यंग्य कहानियां एक ऐसे समय, समाज और सत्तातंत्र के रूबरू पाठक को ले जाकर खड़ा करती हैं जो जाना-पहचाना होते हुए भी, लगता है पहली बार कुछ-कुछ समझ में आ रहा है। इनका समग्र प्रभाव वैसा ही है कि 'वो चोट भी करते हैं और रोने भी नहीं देते'।

अपनी-अपनी बीमारी

हरिशंकर परसाई

राजपाल

स्थापित 1912
100 वर्षों की
श्रेष्ठ प्रकाशन परम्परा
राजपाल

₹ 250

ISBN : 9789350641415

APNI APNI BIMARI (Satire) by Harishankar Parsai

मुद्रक : जी.एस. ऑफसेट, दिल्ली

राजपाल एण्ड सन्ज़

1590, मदरसा रोड, कश्मीरी गेट, दिल्ली–110006

फोन : 011-23869812, 23865483, 23867791

website : www.rajpalpublishing.com

e-mail : sales@rajpalpublishing.com

www.facebook.com/rajpalandsons

क्रम

अपनी-अपनी बीमारी

हम उनके पास चंदा मांगने गए थे। चंदे के पुराने अभ्यासी का चेहरा बोलता है। वे हमें भांप गए। हम भी उन्हें भांप गए। चंदा मांगनेवाले और देने वाले एक-दूसरे के शरीर की गंध बखूबी पहचानते हैं। लेने वाला गंध से जान लेता है कि यह देगा या नहीं। देनेवाला भी मांगनेवाले के शरीर की गंध से समझ लेता है कि यह बिना लिए टल जाएगा या नहीं। हमें बैठते ही समझ में आ गया कि ये नहीं देंगे। वे भी शायद समझ गए कि ये टल जाएंगे। फिर भी हम दोनों पक्षों को अपना कर्त्तव्य तो निभाना ही था। हमने प्रार्थना की तो वे बोले—आपको चंदे की पड़ी है, हम तो टैक्सों के मारे मर रहे हैं।

सोचा, यह टैक्स की बीमारी कैसी होती है। बीमारियां बहुत देखी हैं—निमोनिया, कॉलरा, कैंसर; जिनसे लोग मरते हैं। मगर यह टैक्स की कैसी बीमारी है जिससे वे मर रहे थे! वे पूरी तरह से स्वस्थ और प्रसन्न थे। तो क्या इस बीमारी में मज़ा आता है? यह अच्छी लगती है जिससे बीमार तगड़ा हो जाता है। इस बीमारी से मरने में कैसा लगता होगा? अजीब रोग है यह। चिकित्सा-विज्ञान में इसका कोई इलाज नहीं है। बड़े से बड़े डॉक्टर को दिखाइए और कहिए—यह आदमी टैक्स से मर रहा है। इसके प्राण बचा लीजिए। वह कहेगा—इसका हमारे पास कोई इलाज नहीं है। लेकिन इसके भी इलाज करने वाले होते, मगर वे एलोपैथी या होमियोपैथी पढ़े नहीं होते। इसकी चिकित्सा-पद्धति अलग है। इस देश में कुछ लोग टैक्स की बीमारी से मरते हैं और काफी लोग भुखमरी से।

टैक्स की बीमारी की विशेषता यह है कि जिसे लग जाए वह कहता है—हाय, हम टैक्स से मर रहे हैं, और जिसे न लगे वह कहता है—हाय, हमें टैक्स की बीमारी ही नहीं लगती। कितने लोग हैं जिनकी महत्त्वाकांक्षा होती है कि टैक्स

की बीमारी से मरें, पर मर जाते हैं, निमोनिया से। हमें उन पर दया आई। सोचा, कहें कि प्रॉपर्टी समेत यह बीमारी हमें दे दीजिए। पर वे नहीं देते। यह कमबख्त बीमारी ही ऐसी है कि जिसे लग जाए, उसे प्यारी हो जाती है।

मुझे उनसे ईर्ष्या हुई। मैं उन जैसा ही बीमार होना चाहता हूं। उनकी तरह ही मरना चाहता हूं। कितना अच्छा होता अगर शोक-समाचार यों छपता—बड़ी प्रसन्नता की बात है कि हिन्दी के व्यंग्य लेखक हरिशंकर परसाई टैक्स की बीमारी से मर गए। वे हिन्दी के प्रथम लेखक हैं जो इस बीमारी से मरे। इस घटना से समस्त हिन्दी संसार गौरवान्वित है। आशा है, आगे भी लेखक इसी बीमारी से मरेंगे!

मगर अपने भाग्य में यह कहां? अपने भाग्य में तो टुच्ची बीमारियों से मरना लिखा है।

उनका दुख देखकर मैं सोचता हूं, दुख भी कैसे-कैसे होते हैं। अपना-अपना दुख अलग होता है। उनका दुख था कि टैक्स मारे डाल रहे हैं। अपना दुख है कि प्रॉपर्टी ही नहीं है जिससे अपने को भी टैक्स से मरने का सौभाग्य प्राप्त हो। हम कुल 50 रुपये चंदा न मिलने के दुख में मरे जा रहे थे।

मेरे पास एक आदमी आता था, जो दूसरों की बेईमानी की बीमारी से मरा जाता था। अपनी बेईमानी प्राणघातक नहीं होती, बल्कि संयम से साधी जाए तो स्वास्थ्यवर्द्धक होती है। कई पतिव्रताएं, दूसरी औरतों के कुलटापन की बीमारी से परेशान रहती हैं। वह आदर्श प्रेमी आदमी था। गांधीजी के नाम से चलने वाले किसी प्रतिष्ठान में काम करता था। मेरे पास घंटों बैठता और बताता कि वहां कैसी बेईमानी चल रही है। कहता—युवावस्था में मैंने अपने को समर्पित कर दिया था। किस आशा से इस संस्था में गया और क्या देख रहा हूं। मैंने कहा—भैया, युवावस्था में जिस-जिसने समर्पित कर दिया वे सब रो रहे हैं। फिर तुम आदर्श लेकर गए ही क्यों? गांधीजी दुकान खोलने का आदेश तो मरते-मरते दे नहीं गए थे। मैं समझ गया, उसके कष्ट को। गांधीजी का नाम प्रतिष्ठान में जुड़ा होने के कारण वह बेईमानी नहीं कर पाता था और दूसरों की बेईमानी से बीमार था। अगर प्रतिष्ठान का नाम कुछ और हो जाता तो वह भी औरों जैसा करता और स्वस्थ रहता। मगर गांधीजी ने उसकी ज़िंदगी बरबाद की थी। गांधीजी विनोबा जैसों की ज़िन्दगी बरबाद कर गए।

बड़े-बड़े दुख हैं! मैं बैठा हूं। मेरे साथ 2-3 बंधु बैठे हैं। मैं दुखी हूं। मेरा दुख यह है कि मुझे बिजली का 40 रुपये का बिल जमा करना है और मेरे पास इतने रुपये नहीं हैं।

तभी एक बन्धु अपना दुख बताने लगता है। उसने 8 कमरों का मकान बनाने की योजना बनाई थी। 6 कमरे बन चुके हैं। 2 के लिए पैसे की तंगी आ गई है। वह बहुत-बहुत दुखी है। वह अपने दुख का वर्णन करता है। मैं प्रभावित नहीं होता। मगर उसका दुख कितना विकट है कि मकान को 6 कमरों का नहीं रख सकता। मुझे उसके दुख से दुखी होना चाहिए, पर नहीं हो पाता। मेरे मन में बिजली के बिल के 40 रुपये का खटका लगा है।

दूसरे बन्धु पुस्तक-विक्रेता हैं। पिछले साल 50 हज़ार की किताबें पुस्तकालयों को बेची थीं। इस साल 40 हज़ार की बिकीं। कहते हैं—बड़ी मुश्किल है। सिर्फ 40 हज़ार की किताबें इस साल बिकीं। ऐसे में कैसे चलेगा? वे चाहते हैं, मैं दुखी हो जाऊं, पर मैं नहीं होता। इनके पास मैंने अपनी 100 किताबें रख दी थीं। वे बिक गईं। मगर जब मैं पैसे मांगता हूं, तो वे ऐसे हँसने लगते हैं जैसे मैं हास्यरस पैदा कर रहा हूं। बड़ी मुश्किल है व्यंग्यकार की। वह अपने पैसे मांगे, तो उसे भी व्यंग्य-विनोद में शामिल कर लिया जाता है। मैं उनके दुख से दुखी नहीं होता। मेरे मन में बिजली कटने का खटका लगा हुआ है।

तीसरे बन्धु की रोटरी मशीन आ गई। अब मोनो मशीन आने में कठिनाई आ गई है। वे दुखी हैं। मैं फिर दुखी नहीं होता।

अन्ततः मुझे लगता है कि अपने बिजली के बिल को भूलकर मुझे इन सबके दुख से दुखी हो जाना चाहिए। मैं दुखी हो जाता हूं। कहता हूं—क्या ट्रेजडी है मनुष्य-जीवन की कि मकान कुल 6 कमरों का रह जाता है। और कैसी निर्दय यह दुनिया है कि सिर्फ 40 हज़ार की किताबें खरीदती है। कैसा बुरा वक्त आ गया है कि मोनो मशीन ही नहीं आ रही है।

वे तीनों प्रसन्न हैं कि मैं उनके दुखों से आखिर दुखी हो ही गया।

तरह-तरह के संघर्ष में तरह-तरह के दुख हैं। एक जीवित रहने का संघर्ष है और एक सम्पन्नता का संघर्ष है। एक न्यूनतम जीवन-स्तर न कर पाने का दुख है, एक पर्याप्त सम्पन्नता न होने का दुख है। ऐसे में कोई अपने टुच्चे दुखों को लेकर कैसे बैठे?

मेरे मन में फिर वही लालसा उठती है कि वे सज्जन प्रॉपर्टी समेत अपनी टैक्सों की बीमारी मुझे दे दें और उससे मैं मर जाऊं। मगर वे मुझे यह चांस नहीं देंगे। न वे प्रॉपर्टी छोड़ेंगे, न बीमारी, और अन्ततः किसी ओछी बीमारी से ही मरना होगा।

पुराना खिलाड़ी

सरदारजी ज़बान से तंदूर को गर्म करते हैं। ज़बान से बर्तन में गोश्त चलाते हैं। पास बैठे आदमी से भी इतने जोर से बोलते हैं, जैसे किसी सभा में बिना माइक बोल रहे हों। होटल के बोर्ड पर लिखा है—'यहां चाय हर वक्त तैयार मिलती है।' नासमझ आदमी चाय मांग बैठता है और सरदार जी यही कहते हैं—चाय ही बेचना होता, तो उसे बोर्ड पर क्यूं लिखता बाश्शाओ! इधर नेक बच्चों के लिए कोई चाय नहीं है। समझदार 'चाय' का मतलब समझते हैं और बैठते ही कहते हैं—एक चवन्नी!

सरदारजी मुहल्ले के रखवाले हैं। इधर के हर आदमी का चरित्र वे जानते हैं। अजनबी को ताड़ लेते हैं। तंदूर में सलाख मारते हुए चिल्लाते हैं—

—वो दो बार ससुराल में रह आया है जी। ज़रा बच के।

—उसके घर में दो हैं जी। किसी के गले में डालना चाहता है। ज़रा बच के बाश्शाओ!

—दो जचकी उसके हो चुकी हैं। तीसरी के लिए बाप के नाम की तलाश जारी है। ज़रा बच के।

— उसकी खादी पर मत जाणाजी। गांधी को फुटकर बेचता हैं। ज़रा बच के।

उस आदमी को मेरे साथ दो-तीन बार देखकर सरदारजी ने आगाह किया था—वह पुराना खिलाड़ी है। ज़रा बच के।

जिसे पुराना खिलाड़ी कहा था, वह 35-40 के बीच का सीधा आदमी लगता था। हमेशा परेशान। हमेशा तनाव में। कई आधुनिक कवि उससे तनाव उधार मांगने आते होंगे। उसमें बचने लायक कोई बात मुझे नहीं लगती थी।

एक दिन वह अचानक आ गया था। पहले से बिना बताए, बिना घंटी बज़ाए, बिना पुकारे, वह दरवाज़ा खोलकर घुसा और कुर्सी पर बैठ गया। बदतमीज़ी पर मुझे गुस्सा आया था। बाद में समझ गया कि इसने बदतमीज़ी का अधिकार इसलिए हासिल कर लिया है कि वह अपने काम से मेरे पास नहीं आता। देश के काम से आता है। जो देश का काम करता है, उसे थोड़ी बदतमीज़ी का हक है। देश-सेवा थोड़ी बदतमीजी के बिना शोभा ही नहीं देती। थोड़ी बेवकूफी भी मिली हो, तो और चमक जाती है।

वह उत्तेजित था। उसने अपना बस्ता टेबिल पर पटका और सीधे मेरी तरफ घूरकर बोला—तुम कहते हो कि बिना विदेशी मदद के योजना चला लोगे। मगर पैसा कहां से लाओगे? है तुम्हारे पास देश में ही साधन जुटाने की कोई योजना?

वह जवाब के लिए मुझे घूर रहा था और मैं इस हमले से उखड़ गया था। योजना की बात मैंने नहीं, अर्थ मंत्री ने कही थी। वह अर्थ मंत्री से नाराज़ था। डांट मुझे पड़ रही थी।

उत्तेजना में उसने तीन कुर्सियां बदलीं। बस्ते से पुलिन्दा निकाला। बोला—जीभ उठाकर तालू से लगा देते हो। लो, आंतरिक साधन जुटाने की यह स्कीम।

घंटा-भर अपनी योजना समझाता रहा। कुछ हल्का हुआ। पुलिंदा बस्ते में रखा और चला गया।

हफ्ते-भर बाद वह फिर आया। वैसे ही तनाव में। भड़ से दरवाज़ा खोला। बस्ते को टेबिल पर पटका और अपने को कुर्सी पर। बोला—तुम कहते हो, रोड ट्रान्सपोर्ट के कारण रेलवे की आमदनी कम हो रही है। मगर कभी सोचा है, मोटर-ट्रक वाले माल भेजनेवालों को कितने सुभीते देते हैं? लो यह स्कीम। इसके मुताबिक काम करो।

उसने रेलवे की आमदनी बढ़ाने के तरीके मुझे समझाए।

वह जब-तब आता। मुझे किसी विभाग का मंत्री समझकर डांटता और फिर अपनी योजना समझाता। उसने मुझे शिक्षा मंत्री, कृषि मंत्री, विदेश मंत्री सब बनाया। उसे लगता था, वह सब ठीक कर सकता है, लेकिन विवश है। सत्ता उसके हाथ में है ही नहीं। उससे जो बनता है, करता है। योजना और सुझाव भेजता रहता है।

देश के लिए इतना दुखी आदमी मैंने दूसरा नहीं देखा। सड़क पर चलता,

तो दूर से ही दुखी दिखता। पास पहुंचते ही कहता—रिज़र्व बैंक के गवर्नर का बयान पढ़ा? सारी इकॉनमी को नष्ट कर रहे हैं ये लोग। आखिर यह क्या हो रहा है? ज़रा प्रधानमंत्री से कहो न!

सरदारजी ने फिर आगाह किया—बहुत चिपकने लगा है। पुराना खिलाड़ी है। ज़रा बच के।

मैंने कहा—मालूम होता है, उसका दिगाम खराब है।

सरदारजी हँसे। बोले—दमाग? अजी दमाग तो हमारा-आपका खराब है जो दिन-भर काम करते हैं, तब खाते हैं। वह 10 सालों से बिना कुछ किए मज़े में दिल्ली में रह रहा है। दमाग तो उसका आला दर्जे का है।

मैंने कहा—मगर वह दुखी है। रात-दिन उसे देश की चिन्ता सताती रहती है।

सरदारजी ने कहा—अजब मुल्क है ये। भगवान ने इसे सट्टा खेलते-खेलते बनाया होगा। इधर मुल्क की फिक्र में से भी रोटी निकलती है। फिर मैं आपसे पूछता हूं, पिद्दी का कितना शोरबा बनता है? बताइए, कुछ अंदाज़ा दीजिए। मुल्क की फिक्र करते-करते गांधी और नेहरू जैसे चले गये। अब यह पिद्दी क्या सुधार लेगा? इस मुल्क को भगवान ने खास तौर से बनाया है। भगवान की बनाई चीज़ में इंसान सुधार क्यों करे? मुल्क सुधरेगा तो भगवान के हाथ से ही सुधरेगा। मगर इंसान से ज़रा बच के। पुराना खिलाड़ी है।

मैंने कहा—पुराना खिलाड़ी होता तो ऐसी हालत में रहता?

सरदारजी ने कहा—उसका सबब है। वह छोटे खेल खेलता है। छोटे दांव लगाता है। मैंने उसे समझाया कि एक-दो बड़े दांव लगा और माल समेटकर चैन की बंसी बजा। मगर उसकी हिम्मत ही नहीं पड़ती।

सरदारजी मुझे उससे बचने के लिए बार-बार आगाह करते, पर खुद उसे नाश्ता करा देते, कभी रोटियां दे देते, कभी रुपये दे देते। मैंने पूछा, तो सरदारजी ने कहा—आखिर इंसान है। फिर उसके साथ बीवी भी है। उसने वह कमाल कर दिखाया है, जो दुनिया में किसी से नहीं हुआ—उसने बीवी को यह मनवा लिया है कि वह देश की किस्मत पलटने के लिए पैदा हुआ है। वह कोई मामूली काम करके ज़िंदगी बदबाद नहीं कर सकता। उसका एक मिशन है। बीवी खुद भी भगवान से प्रार्थना करती है कि उसके घरवाले का मिशन पूरा हो जाए।

वह दिन-पर-दिन ज़्यादा परेशान होता गया। जब-तब मुझे मिल जाता और किसी मंत्रालय की शिकायत करता।

अचानक वह गायब हो गया। 8-10 दिन नहीं दिखा, तो मैंने सरदारजी से पूछा। उन्होंने कहा—डिस्टर्ब मत करो। बड़े काम में लगा है।

मैंने पूछा—कौन सा काम?

सरदारजी ने कहा—उसकी तफसील में मत जाओ। बम बना रहा है। इन्किलाबी काम कर रहा है। एक दिन वह सरकार के सिर पर बम पटकने वाला है।

मैंने कहा—सच, वह बम बना रहा है?

सरदारजी ने कहा—हां जी, वह नया कांस्टीट्यूशन बना रहा है। उसे सरकार के सिर पर दे मारेगा। दुनिया पलट देगा, बाश्शाओ।

एक दिन वह संविधान लेकर आ गया। और दुबला हो गया था। मगर चेहरा शांत था। फरिश्ते ही तरह बोला—नथिंग विल चेंज अंडर दिस कान्स्टीट्यूशन। संविधान बदलना ही पड़ेगा। इस देश को बुनियादी क्रांति चाहिए और बुनियादी क्रांति के लिए क्रांतिकारी संविधान चाहिए। मैंने नया संविधान बना लिया है।

बस्ते से उसने पुलिंदा निकाला और मुझे संविधान समझाने लगा—यह प्रीएम्बल है— यह फण्डामेंटल राइट्स का खण्ड है। इस संविधान में एक बुनियादी क्रांति की बात है। देखो, मनुष्य ने अपने को राज्य के हाथों क्यों सौंपा था? इसलिए कि राज्य उसका पालन करे। राज्य का यह कर्त्तव्य है। मगर राज्य आदमी से काम करवाना चाहता है। यह गलत है। बिना काम किए आदमी का पालन होना चाहिए। मैं जो पिछले 10 सालों से कुछ नहीं कर रहा हूँ, सो मेरा प्रोटेस्ट है। मैं राज्य पर नैतिक दबाब डालकर उसका कर्त्तव्य कराना चाहता हूं। मैं जानता हूं, लोग मेरे बारे में क्या कहते हैं। आई डोण्ट माइंड। छोटे लोग हैं। मेरे मिशन को नहीं समझ सकते।

मैंने कहा—कोई काम नहीं करेगा, तो उत्पादन नहीं होगा। तब राज्य पालन कैसे कर सकेगा?

उसने समझाया—आप आदमी को नहीं जानते। वह मना करने पर ही काम करता है। यह उसकी मजबूरी है। मैन इज़ डूम्ड टु वर्क। अगर राज्य कह भी दे कि कोई काम मत करो, तुम्हारा पालन हम करेंगे, तब भी लोग काम मांगेंगे।

साधारण आदमी ऐसा ही होता है। इने-गिने मुझ-आप जैसे लोग होंगे, जो काम नहीं करेंगे। हमारा पालन उन घटिया बहुसंख्यकों के उत्पादन से होगा।

वह अपने संविधान से बहुत संतुष्ट था। एक दिन वह एक फोटोग्राफ लेकर आया। फोटो में वह संविधान प्रधानमंत्री को दे रहा है। बोला—मैंने संविधान प्रधानमंत्री को दे दिया। उन्होंने आश्वासन दिया है कि जल्दी ही इसे लागू किया जाएगा।

सरदारजी ने कहा—आजकल फोटो पर ज़िन्दा है। प्रधानमंत्री से मिल आया है। उसकी बीवी घर भाग रही थी, सो थम गई है। इस फोटो को अच्छे धंधे में लगाएं तो कमाई अच्छी कर सकता है। मगर वह ज़िन्दगी भर 'रिटेल' करता रहेगा।

2-3 महीने उसने इंतज़ार किया। संविधान लागू नहीं हुआ। वह अब फिर परेशान हो गया। कहता—यह सरकार झूठ पर ज़िन्दा है। मुझे प्रधानमंत्री ने आश्वासन दिया था कि जल्दी ही वे मेरा संविधान लागू करेंगे, पर अभी तक संसद को सूचना नहीं दी। अंधेर है। मगर मैं छोड़ूंगा नहीं।

एक दिन सरदारजी ने बताया—पुराना खिलाड़ी संसद के सामने अनशन पर बैठ गया है। राम-धुन लग रही है। बीवी गा रही है—सबको सन्मति दे भगवान। इसे सबकी क्या पड़ी है? यही क्यों नहीं कहती कि मेरे घरवाले को सन्मति दे भगवान!

तीसरे दिन उसे देखने गया। वह दरी पर बैठा था। उसका चेहरा सौम्य हो गया था। भूख से आदमी सौम्य हो जाता है। तमाशाइयों को वह बड़ी गम्भीरता से समझा रहा था—देखो, इंसान आज़ाद पैदा होता है, मगर वह हर जगह ज़ंजीरों से जकड़ा रहता है। मनुष्य ने अपने को राज्य को क्यों सौंपा? इसलिए न, कि राज्य उसका पालन करेगा। मगर राज्य की गैरज़िम्मेदारी देखिए कि मुझ जैसे लोगों को राज्य ने लावारिस की तरह छोड़ रखा है। 'नथिंग विल चेंज अंडर दिस कान्स्टीट्यूशन' मेरा संविधान लागू करना ही होगा। लेकिन इसके पहले राज्य को फौरन मेरे पालन की व्यवस्था करनी होगी। यही मेरी मांगें हैं।

सरदारजी ने उस दिन कहा था—बिजली मंडरा रही है बाश्शाओ! देखो किसके सिर पर गिरती है। ज़रा बच के।

सरदार की तरफ से उसे धमकी दी जा रही थी। घर जाने के लिए किराये

का लोभ भी दिया जा रहा था। मगर वह अपना संविधान लागू करवाने पर तुला था।

सातवें दिन सुबह जब मैं बैठा अखबार पढ़ रहा था, वह अचानक अपनी बीवी के सहारे मेरे घर में घुस आया। पीछे कुली उसका सामान लिये थे। उसने मुझे मना करने का मौका ही नहीं दिया। वह अपने घर की तरह इत्मीनान से घुसा आया था।

मेरे सामने वह बैठ गया। आंखें धंस गई थीं। शरीर में हड्डियां रह गई थीं। मैं भौंचक उसे देख रहा था। वह इस तरह मेरे घर में घुस आया था कि मुझसे कुछ कहते नहीं बन रहा था। मगर उसके चेहरे पर सहज भाव था।

धीरे-धीरे बोला—प्रधानमंत्री ने आश्वासन दे दिया है।

मैं कुछ नहीं बोल सका।

वह बोला—कमज़ोरी बहुत आ गई है।

कुछ ऐसा भाव था उसका जैसे मेरे लिए प्राण दे रहा हो। कमज़ोरी भी उसे मेरे लिए आई हो।

उसने बीवी से कहा—उस कमरे में कुछ दिन रहने का जमा लो।

मेरी बोलती बंद थी। उसने अचानक हमला कर दिया था। मुझे लगा, जैसे किसी ने पीछे से मेरी कनपटी पर ऐसा चांटा जड़ दिया है कि मेरी आंखों में तितलियां उड़ने लगी हैं। उसने मना करने की हालत भी मेरी नहीं रहने दी। मैं मूढ़ की तरह बैठा था और वह बगल के कमरे में जम गया था।

थोड़ी देर बाद वह आया। बोला—ज़रा एक-दो सेर अच्छी मुसम्मी मंगा दो।

कहकर वह चला गया। मैं सोचता रहा—इसने मुझे किस कदर अपाहिज बना दिया है। इस तरह मुसम्मी मंगाने के लिए कहता है, जैसे मैं इसका नौकर हूं और इसने मुझे पैसे दे रखे हैं।

मैंने मुसम्मी मंगा दी।

वह मेरे नौकर को जब-तब पुकारता और हुक्म दे देता—शक्कर ले आओ! चाय ले आओ! उसने मुझे अपने ही घर में अजनबी बना दिया था।

वह दिन में दो बार मुझे दर्शन देने निकलता। कहता—वीकनेस अभी काफी

है। 10-15 दिन में निकलेगी। ज़रा दो-तीन रुपये देना।

मैं रुपये दे देता। बाद में मुझे अपने पर खीझ आती। मैं किस कदर सत्वहीन हो गया हूं। मैं मना क्यों नहीं कर देताा?

चौथे दिन सरदारजी ने कहा—घुस गया घर में बाश्शाओ। मैंने पहले कहा था—पुराना खिलाड़ी है, ज़रा बच के। 6 महीने से पहले नहीं निकलेगा। यही उसकी तरकीब है। जब वह किसी मकान से निकाला जाता है, तो कोई 'इशू' लेकर अनशन पर बैठ जाता है और उसी गिरी हालत में किसी के घर में घुस जाता है।

मैंने कहा—उसकी हालत ज़रा ठीक हो जाए तो उसे निकाल बाहर करूंगा।

सरदारजी ने कहा—नहीं निकाल सकते। वह पूरा वक्त लेगा।

जब चलने फिरने लायक हो गया, तो सुबह-शाम खुले में वायु-सेवन के लिए जाने लगा। लौटकर वह मेरे पास दो घड़ी बैठ जाता। कहता—प्राइम मिनिस्टर अब ज़रा सीरियस हुए हैं। एक कमेटी जल्दी ही बैठने वाली है।

एक दिन मैंने कहा—अब आप दूसरी जगह चले जाइए। मुझे बहुत तकलीफ है।

उसने कहा—हां, हां, प्रधानमंत्री का पी. ए. मकान का इंतज़ाम कर रहा है। होते ही चला जाऊंगा। मुझे खुद यहां बहुत तकलीफ है।

उसमें न जाने कहां का नैतिक बल आ गया था कि मेरे घर में रहकर, मेरा सामान खाकर, वह यह बताता था कि मुझ पर एहसान कर रहा है। कहता है—मुझे खुद यहां बहुत तकलीफ है।

सरदारजी पूछते हैं—निकला?

मैं कहता हूं—अभी नहीं।

सरदारजी कहते हैं—नहीं निकलेगा। पुराना खिलाड़ी है।

मैंने कहा—सरदारजी, आपके यहां इतनी जगह है। उसे यहीं कुछ दिन रख लीजिए।

सरदारजी ने कहा उसके साथ औरत है। अकेला होता, तो कहता, पड़ा रह। मगर औरत! औरत के डर से तो पंजाब से भागकर आया और तुम इधर औरत ही यहां डालना चाहते हो।

उसके रवैये में कोई फर्क नहीं पड़ा। सुबह स्नान-पूजा के बाद वह नाश्ता करता। फिर पोर्टफोलियो लेकर निकल जाता। जाते-जाते मुझसे कहता—ज़रा संसदीय मामलों के मंत्री से मिल आऊं।

आखिर मैंने सख्ती करना शुरू किया। सुबह-शाम उसे डांटता। उसका अपमान करता। उसके चेहरे पर शिकन नहीं आती। कभी वह कह देता—मैं अपमान का बुरा नहीं मानता। मुझे इसकी आदत पड़ चुकी है। फिर जिस महान् 'मिशन' में मैं लगा हुआ हूं, उसे देखते छोटे-छोटे अपमानों की अवहेलना ही करनी चाहिए।

कभी जब वह देखता कि मेरा 'मूड' बहुत खराब है, तो वह बात करना टाल जाता। कागज़ पर लिख देता—आज मेरा मौन व्रत है।

आखिर मैंने पुलिस की मदद लेने का तय किया। उसने कागज़ पर लिख दिया आज मेरा मौन व्रत है।

मैंने कहा—तुम मौन व्रत रखे रहो। कल पुलिस तुम्हारा सामान बाहर फेंक देगी।

उसने मौन व्रत फौरन त्याग दिया और मुझे मनाता रहा। कहा—3-4 दिनों में कहीं रहने का इंतज़ाम कर लूंगा।

सुबह वह तैयार होकर निकला। मुझसे कहा—एक जगह रहने का इंतज़ाम कर रहा हूं। ज़रा पांच रुपये दीजिए।

मैंने कहा—पांच रुपये किसलिए?

उसने कहा—जगह तय करने जाना है न। स्कूटर से जाऊंगा।

मैंने कहा—बस में क्यों नहीं जाते? मैं रुपया नहीं दूंगा।

उसने कहा—तो मैं नहीं जाता। यहीं रह आऊंगा।

मैंने पस्त होकर उसे पांच रुपये दे दिए।

शाम को वह लौटा और बोला—मैं दूसरी जगह जा रहा हूं। आपको एक महीने में ही छोड़ दिया। किसी का घर मैंने 6 महीने से पहले नहीं छोड़ा। इस तरह से आपके ऊपर मेरा अहसान ही है। ज़रा 25 रुपये दीजिए।

मैंने कहा—पच्चीस रुपये किसलिए।

वह बोला—कुली को पैसे देने पड़ेंगे। फिर नई जगह जा रहा हूं। 2-4 दिनों

का खाने का इंतज़ाम तो होना चाहिए।

मैंने कहा—यह मेरी ज़िम्मेदारी नहीं है। मेरे पास रुपये नहीं हैं।

उसने शांति से कहा—तो फिर आज नहीं जाता। जिस दिन आपके पास पच्चीस रुपये हो जाएंगे, उस दिन चला जाऊंगा।

मैंने पच्चीस रुपये उसे फौरन दे दिए। उसने सामान बाहर निकलवाया। बीवी को बाहर निकाला। फिर मुझसे हाथ मिलाते हुए बोला—कुछ ख़्याल मत कीजिए। नो इल विल! मैं जिस मिशन में लगा हूं उसमें ऐसी परिस्थितियां आती ही रहती हैं। मैं बिल्कुल फील नहीं करता।

मैं बाहर निकला, तो सरदारजी चिल्लाए—चला गया?

मैंने कहा—हां, चला गया।

वे बोले—कितने में गया?

मैंने कहा—पच्चीस रुपये में।

सरदारजी ने कहा—सस्ते में चला गया। सौ रुपये से कम में नहीं जाता वह।

पुराना खिलाड़ी अब भी कभी-कभी कहीं मिल जाता है। वैसा ही परेशान, वैसा ही तनाव। वह भूल गया है कि कभी मैंने उसे ज़बरदस्ती घर से निकाला था।

कहता है—प्रधानमंत्री की अक्ल पर क्या पाला पड़ गया? कहते हैं कि हम किसी भी स्थिति में रुपये को 'डिवैल्यू' नहीं करेंगे। मैं कहता हूं, डिवैल्यू नहीं करोगे, तो दुनिया के बाज़ार से निकाल नहीं दिए जाओगे। ज़रा प्रधानमंत्री को समझाइए न!

वह चिन्ता करता हुआ आगे बढ़ जाता है।

समय काटनेवाले

मैं वह पत्थर हूं, जिसपर कोई भी अपने न कटने वाले समय को पटक-पटककर मार डालता है। कुछ लोग मेरा यह पत्थरी उपयोग नियमित रूप से करते हैं और मैं होने देता हूं। मैं जानता हूं, वे घर में पूरी ईमानदारी के साथ समय काटने की कोशिश करते हैं पर समय फिर भी बच जाता है तो उसे झोले में डालकर मुझ जैसे के पास चले आते हैं और उसे ज़ोर-ज़ोर से मेरे ऊपर पछाड़ने लगते हैं। समय जब तार-तार होकर मर जाता है, तो वे हल्के होकर चले जाते हैं, और मैं अपने चुटीले सिर को देर तक सहलाता रहता हूं और सोचता हूं—सरप्लस समय के कपड़े को पछाड़ने के लिए मैं धोबी के पत्थर से ज़्यादा कुछ नहीं हूं।

पर समय रोज़ पैदा हो जाता है और उसे रोज़ मारना पड़ता है। समय को न मारो तो वह अपने को मार डालता है। ऐसी क्या कोई तरकीब नहीं है कि सारे समय को एक बार ही ऐसा मार डाला जाए कि वह फिर पैदा न हो? एक सत्याग्रही ने मुझे बताया है। कहने लगे—जेल में मैं जासूसी किताब पढ़ रहा था। विनोबा ने देखा तो पूछा—क्या अध्ययन कर रहे हो? मैंने कहा—जासूसी किताब पढ़ रहा हूं। बाबा ने पूछा—इसे क्यों पढ़ते हो? मैंने जवाब दिया—समय काटने के लिए। विनोबा ने कहा—हूं, समय तुम्हारी समस्या है। ऐसा करो न, इस खंभे पर सिर को दे मारो। सारा समय एकबारगी कट जाएगा।

सलाह नेक है। मगर ऐसी थोक काट बिरले ही करते हैं। अक्सर लोग फुटकर समय काटते हैं।

ऐसे एक ताज़ा समय काटनहार मेरे पास जब-तब आ जाते हैं। रिटायर्ड आदमी हैं। जिसे एक्सटेंशन न मिले, उसे रिटायर्ड आदमी कहते हैं। एक्सटेंशन की अवधि से ही यह टूटने लगता है। मातहत आपस में कहते हैं—बुड्ढा एक्सटेंशन

पर चल रहा है। मिनिस्ट्री बदली कि गए। एक्सटेंशन वाला आठों पहर अनुभव करता है कि वह रेत के ढेर पर बैठा है।

वे सज्जन कहीं से रिटायर होकर यहीं बेटों के पास आकर रहने लगे हैं। पढ़े-लिखे आदमी हैं। साहित्य-प्रेमी हैं। साहित्य-प्रेमी के लिए मैं बकरा हूं। चाहे जब हलाल किया जा सकता हूं। वे अच्छी बातें करते रहे। अच्छी बातें ऊब देती हैं। मैंने 'हिंट' देना शुरू किया। टालने के लिए मेरे पास कई तरकीबें हैं। तमाखू खाकर पीक मुंह में भर लेता हूं। बोलता ही नहीं। तमाखू मेरी रक्षक है। अगर तमाखू खाने की आदत न होती तो मुंह बंद रखने के लिए बच्चों की 'फीडिंग बॉटल' मुंह में रखनी पड़ती। तमाखू से सामने वाला न उठे तो एकाएक उदास और गुमसुम हो जाता हूं, जैसे संसार का नाश साफ देख रहा हूं। या दार्शनिक मुद्रा में बैठ जाता हूं—असार संसार में दो घड़ी बोल भी लिए तो क्या होता है! जाइए। उन्होंने कोई 'हिंट' स्वीकार नहीं किया। तब मैंने पूछा—कहां जाने का इरादा है? यह प्रश्न तुरुप का इक्का है। इसका मतलब है कि आप जा कहीं और रहे हैं, यहां तो यों ही टपक पड़े। इस अर्थ को समझकर आदमी उठ जाता है। मगर आपको यह प्राणघातक जवाब भी मिल सकता है—कहीं नहीं। आपके पास तक ही आया था। वे सज्जन यह कहकर कि, ज़रा बाज़ार जाना है, उठ गए। एकाध मिनट बाद मैं भी पान खाने चौराहे की तरफ चला। मैंने देखा, वे चौराहे पर खड़े हुए तय नहीं कर पा रहे हैं कि कहां जाएं। वे कभी बाईं तरफ की सड़क पर मुड़ते। कभी लौटकर चौराहे पर आकर दायें मुड़ जाते। पर फिर लौट पड़ते। 2-3 मिनट उन्हें यह तय करने में लगे, कि किस तरफ किसके पास जाएं। बाकी वक्त कहां गुजार दें। उन्हें किसी का ख़्याल आता और वे एक सड़क पर चल देते। 2-4 कदम चलने पर सोचते—वह शायद घर पर न हो। वे लौट पड़ते और दूसरे आदमी के घर की तरफ बढ़ते। फिर कुछ सोचकर लौट पड़ते।

मुझे बहुत दया आई। सोचा, इन्हें लौटा लूं और कहूं, कि जब तक बैठना हो बैठें। पर तभी आत्मरक्षा की भावना तीव्र हुई। मुझे काम भी करना था। दया की भी शर्तें होती हैं। एक दिन एक गाय तार में फंस गई थी। उसकी तड़प से मैं द्रवित हो गया। सोचा, इसे निकाल दूं। पर तभी डरा, कि निकलते ही यह खीझ में मुझे सींग मार दे तो! मैं दया समेत उसे देखता रहा। वृद्ध सज्जन मुझे ठीक उस गाय की तरह लगे जो त्रासदायी खाली समय के कंटीले तारों में फंसे थे। मैं उन्हें निकाल सकता था, पर निकाल नहीं रहा था। दया की भी शर्तें होती

हैं। 'सोसाइटी फॉर दी प्रिवेंशन आफ क्रुएल्टी टु एनिमल्स' याने जानवरों पर होने वाली क्रूरता पर रोक लगाने वाले संगठन के एक सदस्य ने बर्फ तोड़ने के कीले से कोंच-कोंचकर अपनी बीवी को मार डाला था। दया की शर्तें होती हैं। हर प्राणी दया का पात्र है, बशर्ते वह अपनी बीवी न हो।

वे जब-तब मेरे पास आने लगे। यह अजब बात है कि जिस पर दया आए, उससे डर भी लगे। एक शाम वे मुझे बस स्टेशन पर खोमचे के पास खड़े चाट खाते दिख गए। मेरी दया और बढ़ गई। उन्हें घर में इच्छानुकूल खाने को न मिलता होगा। बूढ़ा आदमी चटोरा हो जाता है। मेरे एक रिश्तेदार अंतिम सांसें ले रहे थे। बेटों ने कहा—बाबूजी, राम नाम लो। दान-पुण्य करना हो तो कर दो। कुछ इच्छा हो तो बताओ। उन्होंने न राम का नाम लिया, न दान किया। बोले—भैया, मुझे आलूबंडा खिला दो।

एक दिन वे मेरे पास बैठे थे कि विश्वविद्यालय के दो छात्र नेता आ गए। वे युवा असंतोष पर मुझसे बातें करने लगे। रिटायर्ड सज्जन बीच में ही बोलने लगे। वे लड़कों को उपदेश देने लगे। लड़कों ने कहा—ज़रा आप हमें बात कर लेने दीजिए। वे चुप हो गए। लड़के चले गए, तो वे बोले—हमारा ज़िंदगी भर का अनुभव है। उस अनुभव के आधार पर हम कुछ कहते हैं, तो ये लड़के सुनते क्यों नहीं? मैंने कहा—शायद इसलिए कि अनुभवों के अर्थ बदल गए हैं।

वे समझ गए। उदास हो गए। कहने लगे—हमारी तो पूरी ज़िंदगी दबते गुज़र गई। जब हम जवान थे, तब यह मान्यता थी कि बड़ों से दबो। हम तब बुज़ुर्गों से दबे। अब यह हो गया है कि लड़कों से दबो। तो अब हम बुढ़ापे में लड़कों से दब रहे हैं। हमारी ज़िंदगी तो दबते हुए गुज़र गई।

रिटायर्ड आदमी की बड़ी ट्रेजडी होती है। व्यस्त आदमी को अपना काम करने में जितनी अक्ल की ज़रूरत पड़ती है, उससे ज़्यादा अक्ल बेकार आदमी को समय काटने में लगती है। रिटायर्ड वृद्ध को समय काटना होता है। वह देखता है कि ज़िंदगी भर मेरे कारण बहुत कुछ होता रहा है। पर अब मेरे कारण कुछ नहीं होता। वह जीवित सन्दर्भों से अपने को जोड़ना चाहता है, पर जोड़ नहीं पाता। वह देखता है कि मैं कोई हलचल पैदा नही कर पा रहा हूं। छोटी सी तरंग भी मेरे कारण जीवन के इस समुद्र में नहीं उठ रही है। हमारे चाचा जब तब इस न कुछपन से त्रस्त होते, परिवार में लड़ाई करवा देते। खाना खाते-खाते चिल्लाते—दाल में क्या डाल दिया? कड़वी लगती है। मुझे मार डालोगे क्या? हम

कहते—दाल तो बिल्कुल ठीक है। वे कहते —तो क्या मैं झूठ बोलता हूं! भगवान की कसम! परिवार में आपस में लड़ाई मच जाती। हम देखते कि हम लड़ रहे हैं, पर चाचा आराम से सो रहे हैं। तूफान खड़ा कर देने में सफलता से उन्हें अपने अस्तित्व और अर्थ का बोध होता और मन को चैन मिलता।

हाल ही में रिटायर्ड एक सज्जन मिले। मैंने पूछा—वक्त कैसे कटता है? वे बताने लगे—भगवान ने फुरसत दी है, तो 4 घंटे तो उनकी पूजा करते हैं। मुझे भगवान पर दया आई। सर्वशक्तिमान की भी मेरी जैसी गत 4 घंटे रोज़ होती है। यों वे ठीक ही कहते हैं, कि भगवद्भजन या और कोई अच्छा काम फुरसत में ही किया जाता है। फुरसत ही नहीं है, तो आदमी अच्छे काम कैसे करे?

भगवान से लेकर बेटे, नाती-पोते तक वक्त काटने के काम आते हैं। मेरे पड़ोस का लड़का बेकार था। वक्त उसका कटता नहीं था। उसके पिता के दोस्त रिटायर हुए। उनकी भी समस्या समय थी। दोनों एक-दूसरे का वक्त काटने लगे। उम्र का फर्क मिट गया। वे बराबरी के हो गए। बुढ़ऊ दोपहर को आ जाते और शाम तक बातें करते। बातों के विषय खेती-बाड़ी से लेकर बारातों के अनुभव तक होते। एक दिन मैंने सुना, वे दोनों खूब ज़ोर से लड़ रहे हैं। बुढ़ऊ कह रहे हैं—हमें मत सिखाओ। हमें ज़िंदगी भर तमाखू खाते हो गया। लड़का बोला—तुम्हें ज़िंदगी हो गई तो हम भी 10 साल से तमाखू खा रहे हैं। हम भी कुछ जानते हैं।

मुद्दा क्या था झगड़े का? कुल यह कि चूने में मक्खन डालना चाहिए या नहीं, और डालना चाहिए तो कितना और किस तरह। उस दिन जब शाम को दोनों अलग हुए तो और दिनों से ज़्यादा खुश थे, क्योंकि लड़ लिए थे।

मेरे पास ही एक भले आदमी रहते थे। उनके ससुर रिटायर हुए तो कुछ महीनों के लिए लड़की-दामाद के पास रहने को आ गए। वे गणित के अध्यापक थे। मेरे रिश्तेदार होते थे। वे मेरे पास आकर बैठ जाते। घंटों परिवार और रिश्तेदार और महंगाई की बात करते। मुझे अखरने लगा। एक दिन जब वे आए तो मैंने उनके बोलने के पहले ही अंतर्राष्ट्रीय बात शुरू कर दी। कहा—देखिए, इसराइल ने अरब गणराज्य पर हमला कर दिया। ज़ियानवादी राज्य की स्थापना का वायदा 1917 में ब्रिटिश विदेश सचिव लॉर्ड बेलपुर ने कर दिया था।...5-7 मिनट तक जब मैं अरब-इसराइल सम्बन्ध और शीतयुद्ध की बात करता रहा तो वे ऊब

उठे। इन सबसे उनका वास्ता ही नहीं था। वे उठे। बोले—ज़रा नहा लूं। मैंने अंतर्राष्ट्रीय राजनीति से उन्हें नहलवा दिया। दो-तीन दिन यह नुस्खा आज़माने के बाद वे या तो आते नहीं, आते भी तो 5-10 मिनट ही बैठते। वे डरते कि ज़्यादा बैठा तो यह दुष्ट अंतर्राष्ट्रीय राजनीति की बात शुरू कर देगा।

मगर अब उनके बेटी-दामाद परेशान रहने लगे। मैंने उन्हें सलाह दी कि उन्हें किसी काम में लगा दो। कहो कि बाबूजी, मुन्ना गणित में कमज़ोर है, इसे पढ़ा दिया करिए। गणित के अध्यापक की यह कमज़ोरी है। वह दुनिया में किसी को गणित में कमज़ोर नहीं देख सकता। मैंने देखा, वे नाती को गणित पढ़ाने लगे हैं और खुश हैं। पर एक दिन लड़का रोकर बोला—ये नानाजी तो हमें गणित पढ़ा-पढ़ा कर मारे डाल रहे हैं। वे लड़के के पीछे पड़ गये थे।

अब मैं बुजुर्गों से डरने लगा हूं। पर वे नाराज़ न हों। मैं उनका मजाक़ नहीं उड़ा रहा हूं। उनकी तकलीफ समझने की कोशिश कर रहा हूं। रिटायर्ड आदमी की यह समस्या मानवीय और सामाजिक है। समाज का एक हिस्सा हमेशा गिरे मन का, नकुछपन के बोध से भरा सिर्फ समय का बोझ ढोता रहे, यह अच्छा नहीं। समाज का भविष्य इस बात पर निर्भर है कि वह अपने रिटायर्ड लोगों का क्या करता है। अगर कुछ नहीं करता तो रिटायर्ड वृद्ध काम करते युवा के काम में दखल देगा और समाज की कर्म-शक्ति घटेगी।

युवा इंजीनियर काम कर रहा है। तभी रिटायर्ड इंजीनियर आ जाएंगे और कहेंगे—क्या हो रहा है? हूं! हमारे ज़माने में ऐसी मशीनें नहीं होती थीं। वे अपने ज़माने की मशीन को मार डालेंगे। पुरानी मशीन से नई मशीन की रक्षा करनी पड़ेगी। पुरानी मशीन को किसी काम में लगाना पड़ेगा। काम न मिले तो कम से कम यह तो हो ही सकता है कि पुरानी मशीनें एक-दूसरी का जंग साफ करते, वक्त गुज़ार दें।

रामकथा क्षेपक

एक पुरानी पोथी में मुझे ये दो प्रसंग मिले हैं। भक्तों के हितार्थ दे रहा हूं। इन्हें पढ़कर राम और हनुमान भक्तों के हृदय गद्गद हो जाएंगे। पोथी का नाम नहीं बताऊंगा क्योंकि चुपचाप पोथी पर रिसर्च करके मुझे पी-एच.डी. लेनी है। पुराने ज़माने में लिखे दस पन्ने भी किसी को मिल जाएं तो उसे मज़े में उनकी व्याख्या से डॉक्टरेट मिल जाती है। इस पोथी में 40 पन्ने हैं—याने चार डॉक्टरेटों की सामग्री है। इस पोथी से रामकथा के अध्ययन में एक नया अध्याय जुड़ता है। डॉ. कामिल बुल्के भी इससे फायदा उठा सकते हैं।

(1) प्रथम साम्यवादी

पोथी में लिखा है—

जिस दिन राम रावण को परास्त करके अयोध्या आए, सारा नगर दीपों से जगमगा उठा। यह दीपावली पर्व अनन्त काल तक मनाया जाएगा। पर इसी पर्व पर व्यापारी खाता-बही बदलते हैं और खाता-बही लाल कपड़े में बांधी जाती है।

प्रश्न है—राम के अयोध्या आगमन से खाता-बही बदलने का क्या सम्बन्ध? और खाता-बही लाल कपड़े में ही क्यों बांधी जाती है?

बात यह हुई कि जब राम के आने का समाचार आया तो व्यापारी वर्ग में खलबली मच गई। वे कहने लगे—सेठजी, अब बड़ी आफत है। शत्रुघ्न के राज में तो पोल चल गई। पर राम मर्यादा-पुरुषोत्तम हैं। वे सेल्स टैक्स और इनकम टैक्स की चोरी बरदाश्त नहीं करेंगे। वे अपने खाता-बही की जांच कराएंगे और अपने को सज़ा होगी।

एक व्यापारी ने कहा—भैया, तब तो अपना नम्बर दो का मामला भी पकड़ लिया जाएगा।

अयोध्या के नर-नारी तो राम के स्वागत की तैयारी कर रहे थे, मगर व्यापारी वर्ग घबड़ा रहा था।

अयोध्या पहुंचने के पहले ही राम को मालूम हो गया था कि उधर बड़ी पोल है। उन्होंने हनुमान को बुलाकर कहा—सुनो पवनसुत, युद्ध तो हम जीत गए लंका में, पर अयोध्या में हमें रावण से बड़े शत्रु का सामना करना पड़ेगा—वह है, व्यापारी वर्ग का भ्रष्टाचार। बड़े-बड़े वीर व्यापारी के सामने परास्त हो जाते हैं। तुम अतुलित बल-बुद्धि-निधान हो। मैं तुम्हें 'एनफोर्समेंट ब्रांच' का डाइरेक्टर नियुक्त करता हूं। तुम अयोध्या पहुंचकर व्यापारियों की खाता-बहियों की जांच करो और झूठे हिसाब पकड़ो। सख्त से सख्त सजा दो।

इधर व्यापारियों में हड़कंप मच गया। कहने लगे—अरे भैया, अब तो मरे। हनुमानजी एनफोर्स ब्रांच के डाइरेक्टर नियुक्त हो गए। बड़े कठोर आदमी हैं। शादी-ब्याह नहीं किया। न बाल, न बच्चे। घूस भी नहीं चलेगी।

व्यापारियों के कानूनी सलाहकार बैठकर विचार करने लगे। उन्होंने तय किया कि खाता-बही बदल देना चाहिए। सारे राज्य में 'चेम्बर आफ कॉमर्स' की तरफ से आदेश चला गया कि ऐन दीपोत्सव पर खाता-बही बदल दिये जाएं।

फिर भी व्यापारी वर्ग निश्चिंत नहीं हुआ। हनुमान को धोखा देना आसान बात नहीं थी। वे आलौकिक बुद्धि सम्पन्न थे। उन्हें खुश कैसे किया जाए? चर्चा चल पड़ी—

—कुछ मुट्ठी गर्म करने से काम नहीं चलेगा?

—वे एक पैसा नहीं लेते।

—वे न लें, पर मेम साब?

—उनकी मेम साब ही नहीं है। साहब ने 'मैरिज' नहीं की। जवानी लड़ाई में काट दी।

—कुछ और शौक तो होंगे? दारू और बाकी सब कुछ?

—वे बाल ब्रह्मचारी हैं। कॉल गर्ल को मारकर भगा देंगे। कोई नशा नहीं करते। संयमी आदमी हैं।

—तो क्या करें?

—तुम्हीं बताओ, क्या करें?

किसी सयाने वकील ने सलाह दी—देखो, जो जितना बड़ा होता है, वह उतना, ही चापलूसी-पसन्द होता है। हनुमान की कोई माया नहीं है। वे सिंदूर शरीर पर लपेटते हैं और लाल लंगोट पहनते हैं। वे सर्वहारा हैं और सर्वहारा के नेता। उन्हें खुश करना आसान है। व्यापारी खाता-बही लाल कपड़े में बांधकर रखें।

रातो-रात खाते बदले गए और खाता-बहियों को लाल कपड़े में बांधा गया।

अयोध्या जगमगा उठी। राम-सीता-लक्ष्मण की आरती उतारी गई। व्यापारी वर्ग ने भी खुलकर स्वागत किया। वे हनुमान को घेरे हुए उनकी जय भी बोलते रहे।

दूसरे दिन हनुमान कुछ दरोगाओं को लेकर अयोध्या के बाज़ार में निकल पड़े।

पहले व्यापारी के पास गए। बोले—खाता-बही निकालो। जांच होगी।

व्यापारी ने लाल बस्ता निकालकर आगे रख दिया। हनुमान ने देखा—लंगोट का और बस्ते का कपड़ा एक है। खुश हुए।

बोले—मेरे लंगोट के कपड़े में खाता-बही बांधते हो?

व्यापारी ने कहा—हाँ, बल-बुद्धि निधान, हम आपके भक्त हैं। आपकी पूजा करते हैं। आपके निशान को अपना निशान मानते हैं।

हनुमान गद्‌गद हो गए।

व्यापारी ने कहा—बस्ता खोलूं? हिसाब की जांच कर लीजिए।

हनुमान ने कहा—रहने दो। मेरा भक्त बेईमान नहीं हो सकता।

हनुमान जहां भी जाते, लाल लंगोट के कपड़े में बंधे खाता-बही देखते। वे बहुत खुश हुए। उन्होंने किसी हिसाब की जांच नहीं की।

रामचंद्र को रिपोर्ट दी कि अयोध्या के व्यापारी बड़े ईमानदार हैं। उनके हिसाब बिल्कुल ठीक हैं।

हनुमान विश्व के प्रथम साम्यवादी थे। वे सर्वहारा के नेता थे। उन्हीं का लाल रंग आज के साम्यवादियों ने लिया है।

पर सर्वहारा के नेता को सावधान रहना चाहिए कि उसके लंगोट से बूर्जुआ अपने खाता-बही न बांध लें।

(2) प्रथम स्मगलर

लक्ष्मण मेघनाद की शक्ति से घायल पड़े थे। हनुमान उनकी प्राण-रक्षा के लिए हिमाचल प्रदेश से 'संजीवनी' नाम की दवा लेकर लौट रहे थे कि अयोध्या में नाके पर पकड़ लिए गए। पकड़ने वाले नाकेदार को पीटकर हनुमान ने लिटा दिया। राजधानी में हल्ला हो गया कि बड़ा बलशाली 'स्मगलर' आया हुआ है। पूरा फोर्स भी उसका मुकाबला नहीं कर पा रहा।

आखिर भरत और शत्रुघ्न आए। अपने आराध्य रामचन्द्र के भाइयों को देखकर हनुमान दब गए। शत्रुघ्न ने कहा—इन स्मगलरों के मारे हमारी नाक में दम है, भैया! आप तो संन्यास लेकर बैठ गए हैं। मुझे भुगतना पड़ता है।

भरत ने हनुमान से पूछा—कहां से आ रहे हो?

हनुमान—हिमाचल प्रदेश से।

—क्या है तुम्हारे पास? सोने के बिस्किट, गांजा, अफीम?

—दवा है।

शत्रुघ्न ने कहा—अच्छा, दवाइयों की स्मगलिंग चल रही है। निकालो, कहां है?

हनुमान ने संजीवनी निकालकर रख दी। कहा—मुझे आपके बड़े भाई रामचन्द्र ने इस दवा को लेने के लिए भेजा था।

शत्रुघ्न ने भरत की तरफ देखा। बोले—बड़े भैया यह क्या करने लगे हैं? स्मगलिंग में लग गए हैं। पैसे की तंगी थी तो हमसे मंगा लेते। स्मगल के धंधे में क्यों फंसते हैं? बड़ी बदनामी होती है।

भरत ने हनुमान से पूछा—यह दवा कहां ले जा रहे थे? कहां बेचोगे इसे?

हनुमान ने कहा—लंका ले जा रहा था।

भरत ने कहा—अच्छा, उधर उत्तर भारत से स्मगल किया हुआ माल बिकता है। कौन खरीदते हैं? रावण के लोग?

हनुमान ने कहा—यह दवा तो मैं राम के लिए ही ले जा रहा था। बात यह है कि आपके बड़े भाई लक्ष्मण घायल पड़े हैं। वे मरणासन्न हैं। इस दवा के बिना वे बच नहीं सकते।

भरत और शत्रुघ्न ने एक-दूसरे की तरफ देखा। तब तक रजिस्टर में स्मगलिंग का मामला दर्ज हो चुका था।

शत्रुघ्न ने कहा—भरत भैया, आप ज्ञानी हैं। इस मामले में नीति क्या कहती है? शासन का क्या कर्तव्य है?

भरत ने कहा—स्मगलिंग यों अनैतिक है। पर स्मगल किए हुए सामान से अपना या अपने भाई-भतीजों का फायदा होता हो, तो यह काम नैतिक हो जाता है। जाओ हनुमान, जे जाओ दवा!

मुंशी से कहा—रजिस्टर का यह पन्ना फाड़ दो।

बुद्धिवादी

आशीर्वादों से बनी ज़िंदगी है।

बचपन में एक बूढ़े अंधे भिखारी को उन्होंने हाथ पकड़कर सड़क पार करा दी थी। अंधे भिखारी ने आशीर्वाद दिया—बेटा, मेरे जैसा हो जाना। अंधे भिखारी का मतलब लम्बी उम्र से रहा होगा, पर उन्होंने दूसरा मतलब निकाला और अध्यापक हो गए।

अध्यापक थे, तब एक टिटहरी की प्राण रक्षा की थी। टिटहरी ने आशीर्वाद दिया—भैया, मेरे जैसा होना। टिटहरी का चाहे जो मतलब रहा हो, पर वे 'इंटलेक्चुअल' बुद्धिवादी हो गए। हवा में उड़ते हैं, पर जब ज़मीन पर सोते हैं, तो टांगें ऊपर करके—इस विश्वास और दंभ के साथ, कि आसमान गिरेगा तो पांवों पर थाम लूंगा।

आशीर्वादों से बनी ज़िंदगी का अब यह हाल है कि बंधी आमदनी दो-ढाई हज़ार की है। बंगला है, कार है। दोनों लड़के अच्छी नौकरी पर गए हैं। लड़की रिसर्च कर रही है। ऐसे में शरीफ से शरीफ आदमी इंटेक्चुअल हो जाएगा—वे कोई खास शरीफ भी नहीं हैं। वे होने में ऐसे ही लेट हो गए।

दो साल विदेशों में रहकर वे लौटे तो परिचितों में हल्ला हो गया कि वे बुद्धिवादी हो गए हैं। तमाशा-प्रेमी लोग उन्हें देखने जाते और बताते कि वे सचमुच बुद्धिवादी हो गए। एक ने उन्हें खिड़की से झांककर देखा और हमें बताया—वह तो सचमुच बुद्धिवादी हो गया। कमरे में बैठा छत को ऐसे देख रहा था जैसे यह हिसाब लगा रहा हो कि छत कितने सालों में गिर जाएगी। एक ने उन्हें बगीचे में घूमते देख लिया। कहने लगा—जब वह फूल की तरफ देखता, तो फूल कांपने लगता। वह भयंकर बुद्धिवादी हो गया है।

एक दिन हम उनसे मिलने पहुंचे—मैं और मेरा एक मित्र। फोन पर उन्होंने आधा घंटे के बाद आने को कहा था। हम उन दिनों पूर्वी पाकिस्तान के तूफान-पीड़ितों के लिए चन्दा इकट्ठा कर रहे थे। सोचा, बुद्धिवादी को देख भी लेंगे और कुछ चन्दा भी ले लेंगे।

उनके कमरे में हम घुसे। सचमुच वे बदल गए थे। काले फ्रेम का चश्मा निकल गया था। उसकी जगह पतले सुनहरे फ्रेम का चश्मा वे लगाए थे। आंखों की चमक ओर फ्रेम की चमक एक-दूसरी को प्रतिबिम्बित करके चकाचौंध पैदा कर रही थीं। मुद्रा में स्थायी खिन्नता। खिन्नता दुःखदायी होती है। मगर उनके चेहरे पर सुखदायी खिन्नता थी। खिन्नता दुनिया की दुर्दशा पर थी। उसमें सुख का भाव इस गर्व से मिला दिया था कि मैंने इस दुर्दशा को देख लिया। बाईं तरफ का नीचे का होंठ कान की तरफ थोड़ा खिंच गया था जिससे दोनों होंठों के बीच थोड़ी जगह हो गई थी। स्थायी खिन्नता व लगातार चिंतन से ऐसा हो गया था। पूरे मुंह में वही एक छोटी सी सेंध थी जिसमें से उनकी वाणी निकलती थी। बाकी मुंह बन्द रहता था। हम पूरे मूंह से बोलते हैं, मगर बुद्धिवादी मुंह के बाएँ कोने को ज़रा-सा खोलकर गिनकर शब्द बाहर निकालता है। हम पूरा मुंह खोलकर हँसते हैं, बुद्धिवादी बाईं तरफ के होठों को थोड़ा खींचकर नाक की तरफ ले जाता है। होंठ के पास नथुने में थोड़ी हलचल पैदा होती है और हम पर कृपा के साथ यह संकेत मिलता है कि—आई एम एम्यूज़्ड! तुम हँस रहे हो, मगर मैं सिर्फ थोड़ा मनोरंजन अनुभव कर रहा था। गंवार हँसता है, बुद्धिवादी सिर्फ रंजित हो जाता है।

टेबिल पर 5-6 किताबें खुली हुई उलटी इस तरह पड़ी हैं जैसे पढ़ते-पढ़ते लापरवाही से डाल दी हों। पर वे लापरवाही से ऐसे छोड़ी गई हैं कि किताब का नाम साफ दिख रहा है। किताबों की समझदारी पर मैं न्यौछावर हो गया। लापरवाही से एक-दूसरी पर गिरेंगी तो भी इस सावधानी से कि हर किताब का नाम न दबे। मैं समझ गया कि वे किताबों को पढ़ नहीं रहे थे। हमें आधा घंटा बाद उन्होंने बुलाया था। इस आधा घंटे में उन्होंने बड़ी मेहनत से इन किताबों की बेतरतीबी साधी होगी। बुद्धिजीवी बार-बार किताबों की तरफ हमारा ध्यान खींचने की कोशिश करता है। वह चाहता है, हम चकित हों और कहें—कितनी तरह की पुस्तकें पढ़ते हैं आप! इनके तो हमने नाम भी नहीं सुने। हम चकित होने में देर कर रहे हैं। बुद्धिवादी थोड़ा बेचैन होता है।

उन्होंने हमें इस तरह बिठाया है कि हमारी तरफ देखने में उन्हें सिर को 35 डिग्री घुमाना पड़े। 35 डिग्री सिर घुमाकर, सोफे पर कुहनी टिकाकर, हथेली पर ठुड्डी को साधकर वे जब भर नज़र हमें देखते हैं तो हम उनके बौद्धिक आतंक से दब जाते हैं। हम अपने को बहुत छोटा महसूस करते हैं। उनकी मुद्रा और दृष्टि में जादू पैदा हो जाता है। जब इस कोण से हमें देखकर वे पेट में से निकलती-सी धीमी गम्भीर आवाज़ में कहते हैं—टु माइ माइंड—तो हमें लगता है, यह आवाज़ ऊपर बादलों से आ रही है। पर आसमान तो साफ है। बड़ी कोशिश से हम यह जान पाते हैं कि यह आवाज़ बुद्धिवादी के होठों के बाएँ बाजू की पतली सेंध से निकली है। जब वे 'टु माइ माइंड' कहते हैं तब मुझे लगता है, मेरे पास दिमाग नहीं है। दुनिया में सिर्फ एक दिमाग है और वह इनके पास है। जब वे 35 डिग्री सिर को नहीं घुमाए होते और हथेली पर ठुड्डी नहीं होती, तब वे बहुत मामूली आदमी लगते हैं। कोण से बुद्धिवाद साधने की कला सीखने में कितना अभ्यास लगा होगा उनको।

बुद्धिवादी में लय है। सिर घुमाने में लय है, हथेली जमाने में लय है, उठने में लय है, कदम उठाने में लय है, अलमारी खोलने में लय है, किताब निकालने में लय है, किताब के पन्ने पलटने में लय है। हर हलचल धीमी है। हल्का व्यक्तित्व हड़बड़ाता है। इनका व्यक्तित्व बुद्धि के बोध से इतना भारी हो गया है कि विशेष हरकत नहीं कर सकता। उनका बुद्धिवाद मुझे एक थुलथुल मोटे आदमी की तरह लगा जो भारी कदम से धीरे-धीरे चलता है।

वे बोले—मुझे यूरोप जाकर समझ में आया कि हम लोग बहुत पतित हैं।

मैंने कहा—अपने पतन को जानने के लिए आपको इतनी दूर जाना पड़ा।

बुद्धिवादी ने जवाब दिया—जो गिरने वाला है वह नहीं देख सकता कि वह गिर रहा है। दूर से देखने वाला ही उसके गिरने को देख सकता है।

उस वक्त हमें लगा कि हम एक गड्ढे में गिरे हुए हैं और यह गड्ढे के ऊपर से हमें बता रहा है कि हम गिर गए हैं। उसने हमारा गिरना देख लिया है इसलिए वह गिरने वालों में नहीं है।

मेरे मित्र ने पूछा—हमारे पतन का कारण क्या है?

बुद्धिजीवी ने आंखें बंद करके सोचा। फिर हमारी तरफ देखकर कहा—टु माइ माइंड, हम में करेक्टर नहीं है।

अपने पतन की बात उन्होंने इस ढंग से कही कि लगा, उन्हें हमारे पतन से संतोष है। अगर हम पतित न होते तो उन्हें यह जानने और कहने का सुयोग कैसे मिलता कि हम गिरे हुए हैं और हमारा गिरना वे साफ देख रहे हैं।

साथी ने अब मुद्दे की बात कहना ज़रूरी समझा। बोला—पूर्वी पाकिस्तान में तूफान से बड़ी तबाही हो गई है।

उसने मृत्यु, बीमारी, भुखमरी की करुण गाथा सुना डाली।

बुद्धिवादी सुनता रहा। हम दोनों असर का इंतज़ार कर रहे हैं। असर हुआ। बुद्धिवादी ने मुंह के कोने से शब्द निकाले—हां, मैंने अखबार में पढ़ा है।

उस वक्त हमें लगा कि पूर्वी बंगाल के लोग कृतार्थ हो गए कि उनकी दुर्दशा के बारे में इन्होंने पढ़ लिया। तूफान सार्थक हो गया। बीमारी और भुखमरी पर उन्होंने बड़ा अहसान कर डाला।

मैंने कहा—हम लोग उन पीड़ितों के लिए धन संग्रह करने निकले हैं।

हम चंदा लेने आए थे। वे समझे, हम ज्ञान लेने आए हैं।

उन्होंने हथेली पर ठुड्डी रखी और उसी मेघ-गंभीर आवाज़ में बोले—टु माइ माइंड—प्रकृति संतुलन करती चलती है। पूर्वी पाकिस्तान की आबादी बहुत बढ़ गई थी। उसे संतुलित करने के लिए प्रकृति ने तूफान भेजा था।

इसी बीच पूर्वी बंगाल में उनकी सहायता के अभाव में एक आदमी और मर गया होगा।

अगर कोई आदमी डूब रहा हो तो, उसे बचाएंगे नहीं, बल्कि सापेक्षिक घनत्व के बारे में सोचेंगे।

कोई भूखा मर रहा हो, तो बुद्धिवादी उसे रोटी नहीं देगा। वह विभिन्न देशों के अन्न-उत्पादन के आंकड़े बताने लगेगा।

बीमार आदमी को देखकर वह दवा का इंतज़ाम नहीं करेगा। वह विश्व स्वास्थ्य संगठन की रिपोर्ट उसे पढ़कर सुनाएगा।

कोई उसे अभी आकर खबर दे कि तुम्हारे पिताजी की मृत्यु हो गई, तो बुद्धिवादी दुखी नहीं होगा। वह वंश-विज्ञान के बारे में बताने लगेगा।

हमने चंदे की उम्मीद छोड़ दी। अगर हमने बुद्धिवादी से चंदा मांगा, तो

वह दुनिया की अर्थ-व्यवस्था बताने लगेगा।

अब हमने अपने-आपको बुद्धिवादी को सौंप दिया।

वह सोच रहा था, सोच रहा था। सोचकर बड़ी गहराई से वह खोजकर लाया, वह सत्य जिसे आज तक कोई नहीं पा सका था। बोला—टु माइ माइंड, अवर ग्रेटेस्ट एनिमी इज़ पॉवर्टी। (मेरे विचार में, हमारा सबसे बड़ा शत्रु गरीबी है।)

एक वाक्य सूत्र रूप में कहकर बुद्धिवादी ने हमें सोचने के लिए वक्त दे दिया। हमने सोचा, खूब सोचा। मगर गरीबी की समस्या के हल के लिए फिर बुद्धिवादी की तरफ लौटना पड़ा। मैंने पूछा—गरीबी दुनिया से कैसे मिट सकती है?

बुद्धिवादी ने कहा—मैंने सोचा है। पूंजीवाद और साम्यवाद—दोनों मनुष्य विरोधी हैं। ये दोनों गरीबी नहीं मिटा सकते। हमें आधुनिक तकनीकी साधनों का प्रयोग करके खूब उत्पादन बढ़ाना चाहिए।

मैंने पूछा—मगर वितरण के लिए क्या व्यवस्था होगी?

बुद्धिवादी ने कहा—वही मैं आजकल सोच रहा हूं। एक थ्योरी बनाने में लगा हूं।

मनुष्य जाति की तरफ आशा की एक किरण बढ़ाकर बुद्धिवादी चुप हो गया।

मेरे साथी ने कहा—हमें समाज का नव-निर्माण करना पड़ेगा।

बुद्धिवादी ने फिर हम बौनों को घूरकर देखा। बोला—समाज का पहला फर्ज़ यह है कि वह अपने को नष्ट कर ले। सोसाइटी मस्ट डेस्ट्रॉय इटसैल्फ! यह जाति, वर्ण और रंग और ऊंच-नीच के भेदों से जर्जर समाज पहले मिटे, तब नया बने।

सोचा पूछूं—सारा समाज नष्ट हो जाएगा तो प्रकृति को मनुष्य बनाने में कितने लाख साल लग जाएंगे? मैंने पूछा नहीं। यह सोचकर संतोष कर लिया कि सिर्फ मैं समझता हूं, यह अहसास आदमी को नासमझ बना देता है।

बुद्धिवादी मार्क्सवाद की बात कर लेता है। फ्रायड और आइन्सटीन की बात कर लेता है। विवेकानन्द और कन्फूशियस की बात कर लेता है। हर बात कहकर हमें उसे समझने और पचाने का मौका देता है। वह जानता है, ये बातें

हम पहली बार सुन रहे हैं।

हम पूछते हैं—फिर दुनिया की बीमारी के बारे में आपने क्या सोचा है? किस तरह यह बीमारी मिटेगी?

वह आंख बंद कर लेता है। सोचता है! हम बड़ी बात सुनने के लिए तैयार हो जाते हैं। बुद्धिवादी कहता है—अल्टीमेटली आई हेव टु रिटर्न टू गेण्डी। (आखिर मुझे गांधी की तरफ लौटना पड़ता है।) 'लव्ह' प्रेम।

बुद्धिवादी अब क्रांतिकारिता पर आ गया है। कहता है—स्टुडेण्ट पॉवर! यूथ पॉवर! हमें अपने समाज के युवा वर्ग को आज़ादी देनी चाहिए। वही पलटेंगे इस दुनिया को। वही बदलेंगे। जो कौम अपने युवा वर्ग को दबाती है, वह कभी ऊपर नहीं उठ सकती। यह किताब देखिए प्रोफेसर मार्क्यूज़ की। यह कोहेन बेंडी की किताब!

बुद्धिवादी गम्भीर हो गया। उसने अंतिम सत्य कह दिया।

हम उठने की तैयारी करने लगे। इसी वक्त नौकर ने एक लिफाफा लाकर उन्हें दिया।

बुद्धिवादी चिट्ठी पढ़ने लगा। पढ़ते-पढ़ते उसमें परिवर्तन होने लगे। 35 डिग्री का सिर का कोण धीरे-धीरे कम होने लगा। बुद्धिवादी सीधा बैठ गया। होंठ की मरोड़ मिट गई। आंखों में बैठी बुद्धि गायब हो गई। उसकी जगह परेशानी आ गई। चेहरा सपाट हो गया। सांस ज़ोर से चलने लगी। बुद्धिवादी निहायत बौड़म लगने लगा।

बुद्धिवादी ने चिट्ठी को मुट्ठी में कस लिया। चश्मा उतार लिया। हम नंगी आंखें देख रहे थे। वे बुझ गई थीं। चमक चश्मे के साथ ही चली गई थी। दंभ शायद मुट्ठी में चिट्ठी के साथ दब गया था।

मैंने कहा—आप परेशान हो गए। सब खैर तो है?

बुद्धिवादी हतप्रभ था। वह हमारे सामने अब उस असहाय बच्चे की तरह हो गया जिसका खिलौना बाल्टी में गिर गया हो।

गहरी सांस लेकर बुद्धिवादी ने कहा—यह ज़माना आ गया!

मैंने पूछा—क्या हो गया?

बुद्धिवादी ने कहा—लड़की अपनी मौसी के घर लखनऊ गई थी। वहीं उसने

शादी कर ली। हमें पता तक नहीं।

मैंने पूछा—लड़का क्या करता है?

बोले—इंजीनियर है।

मैंने कहा—फिर तो अच्छा है।

बुद्धिवादी उखड़ पड़ा—क्या अच्छा है? मैं उसे जेल भिजवाकर रहूंगा।

हमारे सामने एक महान क्षण उपस्थित था। मनुष्य जाति के आंतरिक सम्बन्धों के बारे में कोई महान सत्य निकलने वाला है उनके मुख से। अब उनका मुंह पूरा खुलने लगा है। चश्मा लगाए वे तब होठों की सम्पुट के कोने से गुरु-गंभीर आवाज़ निकालते थे। अब पूरा मुंह खोलकर बोलते हैं।

बुद्धिवादी इस स्थिति का क्या विश्लेषण देता है! यूथ पॉवर? स्त्री-पुरुष सम्बन्धों की बुनियाद? विवाह की स्वतंत्रता?

हम उनके मुंह की तरफ देखते हैं। उनकी परेशानी बढ़ती जाती है। चिट्ठी को वे लगातार भींच रहे हैं। वे शायद पत्नी को यह खबर बताने को आतुर हैं। पर हम यह जानने को आतुर हैं कि इतनी अच्छी शादी को लेकर ये परेशान क्यों हैं? ज़रूर इसमें कोई महान दार्शनिक तथ्य निहित है जो सिर्फ बुद्धिवादी समझता है।

मैंने कहा—लड़का-लड़की बड़े हैं। शादी मौसी के यहां हुई। वर अच्छा है। फिर आप दुखी और परेशान क्यों हैं? हम जिज्ञासुओं को वह रहस्य बताइए ताकि हम भी जीवन के प्रति बुद्धिवादी दृष्टिकोण अपना सकें।

उन्होंने नंगी, बुझी आंखों से हमारी तरफ देखा। फिर अत्यन्त भरी आवाज़ में कहा—यह लड़का कायस्थ है न!

प्रेम की बिरादरी

उनका सब कुछ पवित्र है। जाति में बाजे बजाकर शादी हुई थी। पत्नी ने 7 जन्मों में किसी दूसरे पुरुष को नहीं देखा। उन्होंने अपने लड़के-लड़की की शादी सदा मंडप में की। लड़की के लिए दहेज दिया और लड़के के लिए लिया। एक लड़का खुद पसन्द किया और उसे लड़की का पति बना दिया। एक लड़की खुद पसन्द की और उसे लड़के की पत्नी बना दिया।

सब कुछ उनका पवित्र है। प्रॉपर्टी है। फुरसत में रहते हैं। दूसरों की कलंत-चर्चा में समय काटते हैं। जो समय फिर भी बच जाता है, उसमें मूंछ के सफेद बाल उखाड़ते हैं और बर्तन बेचनेवाली की राह देखते हैं।

पवित्रता का मुंह दूसरों की अपवित्रता के गंदे पानी से धुलने पर ही उजला होता है। वे हमेशा दूसरों की अपवित्रता का पानी लोटे में ही लिए रहते हैं। मिलते ही अपवित्रता का मुंह धोकर उसे उजला कर लेते हैं। वे पिछले दिनों 2 लड़कियों के भागने, 3 स्त्रियों के गर्भपात, 4 की गैर बिरादरी में शादी और 2 पतिव्रताओं के प्रणय-प्रसंग बता चुके हैं।

अभी उस दिन दांत खोदते आए। भोजन के बाद कलंत-चर्चा का चूर्ण फांकना ज़रूरी होता है। हाज़्मा अच्छा होता है। उन्होंने चूर्ण फांकना शुरू कर दिया—आपने सुना, अमुक साहब की लड़की अमुक लड़के के साथ भाग गई और दोनों ने इलाहाबाद में शादी कर ली। कैसा बुरा ज़माना आ गया! मैं जानता हूं कि वे बुरा ज़माना आने से दुखी नहीं, सुखी हैं। जितना बुरा ज़माना आएगा वे उतने ही सुखी होंगे—तब वे यह महसूस करके और कहकर गर्व अनुभव करेंगे कि इतने बुरे ज़माने में भी हम अच्छे के अच्छे हैं। कुछ लोग बड़े चतुर होते हैं। वे सामूहिक पतन में से निजी गौरव का मुद्दा निकाल लेते हैं और अपने

पतन को समूह का पतन कहकर बरी हो जाते हैं।

मैंने अपनी दुष्ट आदत के मुताबिक कहा—इसमें परेशान होने की क्या बात है? अपने देश में अच्छी शादियां लड़की भगाकर ही हुई हैं। कृष्ण ने रुक्मिणी का हरण किया था और अर्जुन ने कृष्ण की बहन सुभद्रा का। इसमें कृष्ण की रज़ामंदी थी। भाई अगर को-ऑपरेट करे तो लड़की भगाने में आसानी होती है।

वे नहीं जानते थे कि मैं पुराण उनके मुंह पर मारूंगा। संभलकर बोले—भगवान कृष्ण की बात अलग है। मैंने कहा—हां, अलग तो है। भगवान अगर औरत भगाए तो वह बात भजन में आ जाती है। साधारण आदमी ऐसा करे तो यह काम अनैतिक हो जाता है। जिस लड़की की आप चर्चा कर रहे हैं, वह अपनी मर्ज़ी से घर से निकल गई और मर्ज़ी से शादी कर ली, इसमें क्या हो गया?

वे कहने लगे—आप हमेशा उलटी बातें करते हैं—रीति, नीति, परम्परा, विश्वास--क्या कुछ नहीं है? आप जानते हैं, लड़का-लड़की अलग जाति के हैं?

मैंने पूछा—मनुष्य जाति के तो हैं न?

वे बोले—हां, मनुष्य होने में क्या शक है?

मैंने कहा—तो कम-से-कम मनुष्य जाति में तो शादी हुई। अपने यहां तो मनुष्य जाति के बाहर भी महान पुरुषों ने शादी की है—जैसे भीम ने हिडिम्बा से।

ये घटनाएं बढ़ती जा रही हैं। क्या कारण है कि लड़के-लड़की को घर से भागकर शादी करनी पड़ती है? 24-25 साल के लड़के-लड़की को भारत की सरकार बनाने का अधिकार तो मिल चुका है पर अपने जीवन-साथी बनाने का अधिकार नहीं मिला।

घटनाएं मैं रोज़ सुनता हूं। दो तरह की चिट्ठियां पेटेण्ट हो गई हैं। उनके मज़मून ये हैं। जिन्हें भागकर शादी करनी है वे, और जिन्हें नहीं करनी वे भी इनका उपयोग कर सकते हैं।

चिट्ठी नं. 1

पूज्य पिताजी,

मैंने यहां रमेश से वैदिक रीति के अनुसार शादी कर ली है। हम अच्छे हैं। आप चिन्ता मत करिए। आशा है, आप और अम्मां मुझे माफ कर देंगे।

आपकी बेटी

सुनीता।

चिट्ठी नं. 2

प्रिय रमेश,

मैं अपने माता-पिता की इच्छा के विरुद्ध नहीं जा सकती। तुम मुझे माफ कर देना। तुम ज़रूर शादी कर लेना और सुखी रहना। तुम दुखी रहोगे तो मुझे जीवन में सुख नहीं मिलेगा। हृदय से तो मैं तुम्हारी हूं। (4-5 साल बाद आओगे तो पप्पू से कहूंगी—बेटा, मामाजी को नमस्ते करो)

तुम्हारी

विनीता।

इसके बाद एक मज़ेदार क्रम चालू होता है। मां-बाप कहते हैं—यह हमारे लिए मर चुकी है। अब हम उसका मुंह नहीं देखेंगे। फिर कुछ महीने बाद मैं उनके यहां जाता हूं तो वही लड़की चाय लेकर आती है।

मैं उनसे पूछता हूं—यह तो आपके लिए मर चुकी थी। वे जवाब देते हैं—आखिर लड़की ही है। और मैं सोचता रह जाता हूं कि जो आखिर में लड़की है वह शुरू में लड़की क्यों नहीं थी?

माता-पिता की भावनाओं को मैं जानता हूं। विश्वास और परम्परा के टूटने में बड़ा दर्द होता है। जब शेरपा तेनसिंह गौरीशंकर की चोटी पर होकर आया था तब उससे किसी ने पूछा कि क्या वहां शंकर भगवान हैं? तो उसने कहा था कि नहीं हैं। एक सज्जन बड़े दर्द से मुझसे बोले—तेनसिंह को ऐसा नहीं कहना चाहिए था। मैंने कहा—वहाँ शंकर भगवान उसे नहीं दिखे तो उसने कह दिया कि नहीं हैं। वे बोले—फिर भी उसे ऐसा नहीं कहना चाहिए था। मैंने कहा—जब हैं ही नहीं तो..

वे बोले—फिर भी उसे नहीं कहना था। मैंने उनसे पूछा—क्या आप मानते हैं कि वहां शंकरजी हैं? उन्होंने कहा—यह हम भी जानते हैं कि वहां शंकरजी नहीं हैं। पर एक विश्वास हृदय में लिए हैं कि शंकरजी हैं, वे औढरदानी हैं।

कभी कोई संकट हम पर आएगा तो वे आकर हमें उबार लेंगे।

झूठे विश्वास का भी बड़ा बल होता है। उसके टूटने का भी सुख नहीं, दुख होता है।

एक सज्जन की लड़की दूसरी जाति के लड़के से शादी करना चाहती थी। यहां मां-बाप का जाति-प्रथा की शाश्वतता में विश्वास आड़े आ गया। लड़का अच्छी ऊंची नौकरी पर था, परन्तु लड़की के माता-पिता ने उसकी शादी अपनी ही जाति के एक लड़के से कर दी जो कम तो कमाता ही था, अपनी पत्नी को पीटता भी था। एक दिन मैंने उन सज्जन से कहा कि सुना है, लड़की बड़ी तकलीफ में है। वह उसे पीटता है। उन्होंने कोई जवाब नहीं दिया। जवाब देते भी तो क्या देते, सिवा इसके कि—इतना तो संतोष है कि जाति वाले से पिट रही है।

आखिर ये हमारे लोग किस परम्परा को, किस आदर्श को मान रहे हैं? राम मर्यादा पुरुषोत्तम हैं। सीता महासती हैं। इनसे श्रेष्ठ स्त्री-पुरुष की कल्पना और ऐसे अच्छे विवाह की कल्पना इस समाज में नहीं है। मर्यादा पुरुषोत्तम का निर्माण करने वाले तुलसीदास कहते हैं कि पुष्प-वाटिका में 'कंकण किंकिणि नूपुर' की ध्वनि सुनकर लक्ष्मण के सामने राम 'कन्फेस' करते हैं कि ऐसा लगता है जैसे मदन ने दुन्दुभी दे दी है यानि राम के मन का धनुष वहीं टूट गया। विवाह-पूर्व प्रेम भी हो गया और फिर विवाह भी हो गया। आज जिन मूल्यों को उस मामले में माना जा रहा है उनको देखकर मुझे लगता है कि तुलसीदास ने जो लिखा है, वैसा न हुआ होगा। हुआ ऐसा होगा—राम ने लक्ष्मण से पूछा होगा कि यह कंकण किंकिणि नूपुर की ध्वनि किसकी है? लक्ष्मण ने कहा होगा—यह जनक की लड़की सीता की है। तब राम ने पूछा होगा कि क्या जनक अपनी ही बिरादरी के हैं? लक्ष्मण ने कहा होगा—हां, राजा जे. के. सिंह अपनी ही बिरादरी के हैं। राम ने कहा होगा—तभी तो मेरा मन डोल उठा। दूसरी बिरादरी के होते तो मेरे मन पर कोई असर नहीं होता।

इन लड़के-लड़कियों से क्या कहा जाए! यही न कि प्रेम की जाति होती है। एक हिन्दू प्रेम है, एक मुसलमान प्रेम, एक ब्राह्मण प्रेम, एक ठाकुर प्रेम, एक अग्रवाल प्रेम। एक कोई जावेद आलम किसी जयन्ती गुहा से शादी कर लेता है, तो सारे देश में लोग हल्ला कर देते हैं और दंगा भी करवा सकते हैं।

इस सबको देखते हुए आगे चलकर तरुण-तरुणी के प्रेम का दृश्य ऐसा

होगा। तरुण-तरुणी मिलते हैं और यह वार्तालाप होता है–

तरुण–क्या आप ब्राह्मण हैं, और ब्राह्मण हैं तो किस प्रकार की ब्राह्मण हैं?

तरुणी–क्यों, क्या बात है?

तरुण–कुछ नहीं! ज़रा आपसे प्रेम करने का इरादा है।

तरुणी–मैं तो खत्री हूं।

तरुण–तो फिर मेरा आपसे प्रेम नहीं हो सकता, क्योंकि मैं ब्राह्मण हूं।

लोग कहते हैं कि आखिर स्थायी मूल्य और शाश्वत परम्परा भी तो कोई चीज़ है। सही है, पर मूर्खता के सिवाय कोई भी मान्यता शाश्वत नहीं है। मूर्खता अमर है। वह बार-बार मरकर फिर जीवित हो जाती है।

इधर मैं लड़के-लड़की से पूछता हूं कि वेद तो यहां भी हैं और यहां भी वैदिक रीति है, फिर तुम लोगों ने यहीं क्यों नहीं शादी कर ली? भागकर दूसरी जगह क्यों गए?

वे कहते है–यहां माता-पिता बाधा डालते।

मैं समझ गया। क्रांति ये तरुण ज़रूर करेंगे पर यथास्थिति की नज़र बनाकर।

वे सज्जन जो मुझे खबर दे गए थे, कह रहे थे कि आखिर हम बुजुर्गों के जीवन-भर के अनुभव का भी तो कोई महत्त्व है। मैंने कहा–अनुभव का महत्त्व है। पर अनुभव से ज़्यादा इसका महत्त्व है कि किसी ने अनुभव से क्या सीखा। अगर किसी ने 50-60 साल के अनुभव से सिर्फ यह सीखा कि सबसे दबना चाहिए तो अनुभव के इस निष्कर्ष की कीमत में शक हो सकता है। किसी दूसरे ने इतने ही सालों के अनुभव से शायद यह सीखा हो कि किसी से नहीं डरना चाहिए।

आप तो 50-60 साल की बात करते हैं। केंचुए ने अपने लाखों सालों के अनुभव से कुल यह सीखा है कि रीढ़ की हड्डी नहीं होनी चाहिए।

धर्मक्षेत्र-कुरुक्षेत्र

चुनाव हो गए। नतीजे आ रहे हैं। 'कार्यकर्ता' अब कहीं नहीं दिखता। चुनाव के दिनों में यह एक नई नस्ल पैदा होती है—कार्यकर्ता। सच्चा कार्यकर्ता वह है जो पाटी को 'पालटी' बोलता है, विरोधी को 'चुनैटी' देता है और जिनकी सारी कोशिश यह होती है कि उम्मीदवार से ज़्यादा से ज़्यादा पैसे चाय-नाश्ते के लिए झटक ले। वर्षा और शीत की संधि वेला में पतंगे बल्ब के आसपास मंडराते हैं। वे मुझे कार्यकर्ता लगते हैं और बल्ब उम्मीदवार। फिर पतंगे लोप हो ज़ाते हैं, बल्ब बराबर जलता रहता है। कार्यकर्त्ता अब सिर्फ तब दिखेगा, जब किसी की ज़मानत दिलानी होगी, पुलिस केस दबाना होगा या तबादला कराना होगा।

बड़ा शोर था इस चुनाव का।

घोषणाएं की जाती थीं कि यह चुनाव धर्मयुद्ध है; कौरव-पांडव संग्राम है। धृतराष्ट्र चौंककर संजय से कहते हैं—ये लोग अभी भी हमारी लड़ाई लड़ रहे हैं। ये अपनी लड़ाई कब लड़ेंगे? संजय कहते हैं—इन्हें दूसरों की लड़ाई में उलझे रहना ही सिखाया गया है। ये दूसरे की लड़ाई लड़ते-लड़ते ही मर जाते हैं।

धर्मयुद्ध है, तो बड़े भाई युधिष्ठिर को ज़रूर जुआ खेलने की लत पड़ गई होगी। कौन कौरव और कौन पांडव— यह मेरी समझ में नहीं आ रहा था। देख रहा था कि जो अपने को पांडव कहते हैं वही द्रौपदी को चौराहे पर नंगा कर रहे थे। और अब देख रहा हूं कि कुछ पांडव कौरवों से भीतर ही भीतर मिले हैं कुछ कौरव पांडवों से।

किस हेतु है यह धर्मयुद्ध? सूई की नोक के बराबर ज़मीन के लिए? या इसलिए कि द्रौपदी बाल बिखराकर बिफरती हुई पतियों को धिक्कार रही थी?

राजनीति का ज्ञानी कहता है—इस चुनाव के 'इश्यूज़' समझो। यह चुनाव संविधान और न्यायपालिका का भाग्य-निर्माण करेगा। संविधान पवित्र है। वह बदला नहीं जा सकता। न्यायपालिका सर्वोच्च है। वह संविधान की रक्षा करती है।

वह संविधान की पोथी पर हल्दी-अक्षत चढ़ाकर उसकी पूजा करता है। मैंने पूछा—इसकी पूजा क्यों करते हो? वह जवाब देता है—क्योंकि यह 20-22 साल पहले लिखा गया था।

मैं पूछता हूं—इसे किसने लिखा? क्यों लिखा? किन परिस्थितियों में लिखा? लिखनेवालों के विचार-मान्यताएं क्या थे? उनकी क्या कल्पना थी? किन ज़रूरतों से वे प्रेरित थे? देशवासियों के भविष्य के बारे में उनकी क्या योजना थी?—क्या वे सवाल इस पोथी के बारे में पूछना जायज़ नहीं है।

वह कहता है—कतई नहीं। जो पहले लिखा गया है उसके बारे में कोई सवाल नहीं उठाना चाहिए। वह तर्क से परे है। पहले लिखे की पूजा और रक्षा होनी चाहिए। वह पवित्र है। भोजपत्र पर जो लिखा है वह आर्ट पेपर पर छपे से ज़्यादा पवित्र होता है।

दूसरा ज्ञानी कहता है—देखो जी, संविधान एक औज़ार है, जिससे कुछ बनाना है। संविधान को आदमी बनाता है, आदमी को संविधान नहीं बनाता। इस औज़ार से मनुष्य का भाग्य बनाना है।

मैं पूछता हूं—पर बनाने में औज़ार घिस जाए या टूट जाए तो?

जवाब देता है—तो मरम्मत कर लेंगे या दूसरा औज़ार ले आएंगे।

मैं देखता हूं, एक ज्ञानी इस औज़ार को रोज़ निकालता है, उसे साफ करता है, उस पर पालिश करता है और डब्बे में रखकर उसे ताले में बंद कर देता है।

वह औज़ार से बनाता कुछ नहीं।

पूछता हूं—इस औज़ार से कुछ बनाओगे नहीं?

वह कहता है—नहीं। बनाने से औज़ार बिगड़ जाएगा। हमारा कर्त्तव्य है, औज़ार की रक्षा करना। यह जो मज़बूत तिजोरी है, वह न्यायपालिका है। इसमें हमने पॉलिश करके संविधान को रख दिया है। अब वह सुरक्षित है।

मैं पूछता हूं—और तुम या हम जैसे लोगों का क्या होगा? हमारा कहीं अस्तित्व है? हम क्या सिर्फ पहरेदार हैं।

उस ज्ञानी के जवाब से ऐसा लगता है, जैसे न्यायपालिका को संविधान का गर्भ रह गया था, जिससे हम करोड़ों आदमी पैदा हो गए। हम संविधान और न्यायपालिका के व्यभिचार की अवैध संतानें हैं। तभी तो हमें कोई नहीं पूछता।

न्याय देवता का मैं आदर करता हूं। पर एक न्याय देवता सेशनकोर्ट में बैठता है, दूसरा हाईकोर्ट में और तीसरा सुप्रीमकोर्ट में। सेशन वाला न्याय देवता मुझे मौत की सज़ा दे देता है। मैं जानता हूं, मैं बेकसूर हूं। उधर हाई कोर्ट में बैठा न्याय देवता बड़ी बेताबी से मेरा इंतज़ार कर रहा है कि यह मेरे सामने आए तो मैं इस निर्दोष को बरी कर दूं। पर मैं सामने नहीं जा सकता क्योंकि मेरे पास 5-6 हज़ार रुपये नहीं हैं। न्याय देवता मेरी तरफ करुणा से देखता है और मैं उसकी तरफ याचना से—पर हम आमने-सामने नहीं हो सकते। अगर मैं 5-6 हज़ार खर्च कर सकू तो फांसी से बच सकता हूं।

कौन-सा न्याय देवता सच्चा है—सेशन वाला, जो फांसी देता है या हाईकोर्ट वाला, जो बरी करता है? छोटे आदमी के लिए छोटे देवता और बड़े आदमी की बड़े देवता तक पहुंच! छोटे आदमी का भाग्य-निर्माता गांव के बाहर के बेर-वृक्ष के नीचे रखा लाल पत्थर और बड़े आदमी के लिए रामेश्वर का देवता।

दिन-भर इन चीज़ों में दिमाग उलझा रहा। संविधान, न्यायपालिका, संसद, मूलभूत अधिकार! शब्द! संविधान का शब्द! उस शब्द का अर्थ, अर्थ-भेद! लिखा शब्द ब्रह्म।

शाम को रिक्शे में बैठा लौट रहा था। रिक्शावाला बात करने लगा। मैं रिक्शे में अक्सर बैठता हूं और जल्दी न हो तो रिक्शेवाले से बात करता चलता हूं।

मैं उससे पूछता हूं—तुमने वोट दिया था?

उसने कहा—नहीं साहब, फालतू हाथ पर काला धब्बा लगवाने से क्या फायदा?

मतदान का 'पवित्र' अधिकार जिसे कहते हैं, उसे यह रिक्शावाला हाथ पर काला धब्बा लगाना कहता है।

वह कहता है—2-3 घंटे लगते हैं, वोट डालने में, इतने में 2-3 रुपये कमा लेते हैं, जिससे बच्चों का पेट रात को भरता है। वोट दे दें तो, बच्चे भूखे रहें। बाप के वोट देने के शौक के लिए बच्चे भूखे क्यों रहें? बताइए साहब!

मैंने कहा—तुम क्या वोट की कीमत नहीं जानते?

उसने कहा—जानता हूं। एक वोट से हार या जीत हो सकती है। मेरे एक वोट से कोई जीत सकता है। पर उससे मेरा क्या फायदा? हम लोगों का कोई भी तो भला नहीं करता। सब मज़ा-मौज करने लगते हैं। जब-जब हमने वोट दिया है, उसके बाद हमारी मुसीबत और बढ़ गई है। यह वोट ही पाप की जड़ है। तो हमने वोट देना ही बंद कर दिया।

संसदीय लोकतंत्र पर आस्था रखने वाले को परेशानी होगी कि बहुत लोग वोट को पाप की जड़ मानने लगे हैं।

ज्ञानियों की बहुत बातें मैं सुन चुका था। अब इस अज्ञानी की बातें सुन रहा हूं।

वह कहता है—साहब, इन सबमें होड़ लगी है कि कौन हमें भूखा मार ले। हमारा क्या है? किस्मत में जितना है, उतना मिल जाता है।

वह क्रोध से किस्मत पर आ जाता है। इस देश के ज्ञानी या अज्ञानी—सबकी यह विडंबना है कि वह क्रोध से फौरन किस्मत पर आ जाता है।

रात को बहुत देर तक नींद नहीं आती। ज्ञानियों की और अज्ञानी रिक्शेवाले की बातें मन में गूंजती हैं।

नींद आती है, तो मैं एक सपना देखता हूं—

मैं ऊबकर एक अजनबी प्रदेश में पहुंच गया हूं।

वहां लोग जुलूस निकाल रहे हैं, प्रदर्शन कर रहे हैं। वे मांग कर रहे हैं—सरकार हमें भूखा रहने दे। हमें भूखा मरने का अधिकार है। यह सरकार हमारे इस अधिकार को छीन रही है। हमें ऐसी सरकार नहीं चाहिए।

सरकार की तरफ से जवाब दिया जाता है—सरकार अपनी तरफ से पूरी कोशिश करती है कि जनता भूखी रहे। पर कुछ पैदावार हो जाती है, तो हम क्या करें? उसे किसी को तो खाना ही पड़ेगा। आप लोगों को थोड़ा-थोड़ा अन्न देना सरकार की मजबूरी है।

जनता कहती है—नहीं, हमें यह सरकार नहीं चाहिए। हम सरकार बदलेंगे। हमें वह सरकार चाहिए, जो हमें भूखा रखे। सरकार की बहानेबाज़ी नहीं चलेगी। फिर से चुनाव हो।

मैं सपना देख रहा हूं। निर्वाचन का निश्चय हो जाता है।

जिस मुद्दे पर चुनाव हो रहा है, वह है—'जनता को कैसे भूखा मारना।'

राजनीतिक पार्टियां प्रचार कार्य में लगी हैं।

पार्टी नं. 1 कहती है—हम जनता को वचन देते हैं कि हम सत्ता में आते ही खेती बंद करा देंगे। अन्न ही पैदा नहीं होगा तो जनता भूखी रहेगी ही।

जनता कहती है—नहीं, अन्न तो खूब पैदा होना ही चाहिए। फिर भी हमें भूखा रहने देना चाहिए। अन्न पैदा नहीं होगा, तो हमारा राष्ट्रीय गौरव नष्ट हो जाएगा।

पार्टी नं. 2 वादा करती है—हम अन्न तो पैदा होने देंगे, पर उसे महंगा इतना कर देंगे कि लोग खा नहीं सकेंगे।

जनता कहती है—यह खेल हम बहुत देख चुके। इससे हमें संतोष नहीं। हम नये ढंग से भूखा मरना चाहते हैं।

तब पार्टी नं. 3 मंच पर आती है। वह कहती है—हम अन्न की पैदावार खूब बढ़ाएंगे, पर साथ ही चूहों का भी सघन उत्पादन होगा। जनता को अन्न उत्पादन का गौरव भी मिलेगा, और चूहों के अन्न खा जाने के कारण भूखा मरने का सुख भी।

जनता कहती है—यह पार्टी हमें पसंद है। इसी की सरकार बनेगी। हम बाहुल्य में भूखा मरना चाहते हैं।

सरकार बन जाती है। सघन खेती का कार्यक्रम लागू होता है। साथ ही, चूहों का सघन उत्पादन भी चलता है। अच्छी-अच्छी नस्ल के चूहे—आदमी से बड़े कद वाले, आदमी से दुगने पेटवाले।

अन्न पैदा होता है और चूहे उसे खा जाते हैं।

जनता खुश होती है और सरकार की जय बोलती है।

साल पर साल निकल जाते हैं। फसल चूहे खा जाते हैं। आदमी की पीढ़ियां खुशी-खुशी भूखी मर रही हैं।

एक साल अकाल पड़ जाता है।

चूहों के खाने के लिए अन्न नहीं है।

चूहे सरकार को घेरते हैं। कहते हैं—हमने अपने को आदमी से बड़ा बनाने

के लिए लगातार 'ओवरईटिंग' की है। हमारी खाने की आदत पड़ गई है। हमें खाने को दो।

सरकार कहती है—ज़रा धीरज रखो। अगली फसल तक रुक जाओ।

चूहे कहते हैं—धीरज हमें नहीं है। हम भूखे हैं। तुम्हीं ने हमें खाने की लत लगाई है। अब हमारा पेट भरो।

सरकार कहती है—पर हम तुम्हारा पेट किस चीज़ से भरें?

चूहे बेताब हैं। वे भूख से तिलमिला रहे हैं। वे कहते हैं—तुम नहीं जानते, पर हम जानते हैं कि हमें अब क्या खाना चाहिए।

और मैं देखता हूं, चूहे दांत किटकिटाकर भिड़ जाते हैं।

पहले चूहे संविधान को कुतरकर खा जाते हैं।

फिर चूहे सरकार को खा जाते हैं, संसद को खा जाते हैं, न्यायपालिका को खा जाते हैं।

मेरी नींद खुल जाती है।

संवैधानिक बहस करने वाले ज्ञानी मुझे याद आते हैं। फिर याद आता है, वह रिक्शावाला।

क्या अर्थ है, इस सपने का? पता नहीं।

पर त्रिजटा सीता से कहती है—

यह सपना मैं कहौं बिचारी
हुई है सत्य गए दिन चारी।

जिसकी छोड़ भागी है

यह जो आदमी मेरे सामने बैठा है, जवान है और दुखी है। जवान आदमी को दुखी देखने से पाप लगता है। मगर मजबूरी में पाप भी हो जाता है। बेकारी से दुखी जवानों को सारा देश देख रहा है और सबको पाप लग रहा है। सबसे ज़्यादा पाप उन भाग्यविधाताओं को लग रहा है, जिनके कर्म, अकर्म और कुकर्म के कारण वह बेकार है। इतना पाप और फिर ये ऐसे भले-चंगे! क्या पाप की क्वालिटी गिर गई है? उसमें भी मिलावट होने लगी है।

नहीं, आप गलत समझे। यह जवान बेकारी के कारण दुखी नहीं है। नौकरी उसकी है। नौकरी बीवी की मांग करती है– तो शादी उसने कर ली थी। हाल में उसकी बीवी उसे छोड़कर एक पैसेवाले के घर में बैठ गई है। वह दुखी है। मैं उसके दुख को महसूस करने की कोशिश करता हूं। पर कैसे कर सकता हूं? जिसकी न कभी हुई, न भागी, वह उसके दुख को महसूस नहीं कर सकता। वह गलत आदमी के पास सलाह लेने आ गया है। उसे ऐसे आदमी के पास जाना चाहिए था जिसकी भाग चुकी है और उससे पूछना था कि भैया, ऐसे मौके पर क्या किया जाता है। बहरहाल, मैं सुन रहा हूं और समझने की कोशिश कर रहा हूं। इसकी तनख्वाह कम है। इतने में पत्नी के पद पर बने रहना उस औरत को शोभा नहीं दिया। उसे ज़्यादा रुपयों की बीवी बनना था। यह आदमी आमदनी नहीं बढ़ा सका। घूस लेना इससे बनता नहीं है। घूस से पारिवारिक जीवन सुखी होता है। मेरे एक पुराने पड़ोसी बिक्रीकर विभाग में थे और भरपेट घूस खाते थे। उनकी बीवी उन्हें इतना प्यार करती थी कि मर जाते तो उनकी चिता पर सती हो जाती। उसे यह कतई बरदाश्त न होता कि पति तो स्वर्ग में घूस खाए और वह यहां उसके लाभ से वंचित रह जाए। कितने सुखी लोग थे। शाम को

सारा परिवार भगवान की आरती गाता था—जय जगदीश हरे! भगवान के सहयोग के बिना शुभ कार्य नहीं होते। आरती में आगे आता—सुख-सम्पत्ति घर आवे! शाम को यह बात कही जाती और सुबह बनियों के लाल वस्त्रों में बंधी सुख-सम्पत्ति चली आती। जिस दिन घूसखोरों की आस्था भगवान पर से उठ जाएगी, उस दिन भगवान को पूछनेवाला कोई नहीं रहेगा। आरती में आता—तुम अंतर्यामी। भगवान, तुम जानते हो, मेरे अंतर में घूस लेने की इच्छा है और तुम दिलाते भी हो। आरती की एक पंक्ति से मुझे भी आशा बंधती—श्रद्धा-भक्ति बढ़ाओ संतन की सेवा! मुझे लगता, जिस दिन इसे संत की सेवा करनी होगी, वह संत ढूंढने दूर कहां जाएगा। मैं तो पड़ोस में ही रहता हूं, पर उसने कभी मुझे संत के रूप में मान्यता नहीं दी।

यह आदमी भी अगर मेरे पड़ोसी जैसा भगवद्भक्त होता, तो इसकी बीवी नहीं भागती। उसकी तो बीवी छोड़ गई है, मगर मेरे मन में दूसरी ही बातें उठने लगी हैं। मैं कहना चाहता हूँ—पगले, ज़माने को समझ। यह ज़माना ही किसी समर्थ के घर में बैठ जाने का है। वह तो औरत है। तू राजनीति के मर्दों को तो देख। वे उसी के घर में बैठ जाते हैं, जो मंत्रिमण्डल बनाने में समर्थ हो। शादी इस पार्टी से हुई थी तगर मंत्रिमण्डल दूसरी पार्टीवाला बनाने लगा, तो उसी की बहू बन गए। राजनीति के मर्दों ने वेश्याओं को मात कर दिया। किसी-किसी ने तो घंटे-भर में तीन-तीन खसम बदल डाले। आदमी ही क्यों, समूचे राष्ट्र किसी समर्थ के घर में बैठ जाते हैं। इसी देश के कुछ लोग कहते हैं, कि स्वतंत्र विदेश नीति बदल डालो—याने औरत बनाकर देश को किसी बड़े के घर में बिठा दो।

इन बातों से न उसे शांति मिलेगी न रास्ता मिलेगा। जिसकी बीवी छोड़ भागी है, उसका मन राजनीति में नहीं रम सकता।

वह कहता है—वह बूढ़ा है, उसके बाप की उम्र का।

वह जवान के घर बैठती, तो उसे शायद कम दुख होता। इस जवान को बूढ़े से हार जाने का विशेष दुःख है। या अभी भी उस स्त्री के सुख का इसे ध्यान है।

इस अभागे को नहीं मालूम कि पैसे में बड़ी मर्दानगी होती है। आदमी मर्द नहीं होता, पैसा मर्द होता है। अमरीका के अच्छे-अच्छे जवान टापते रह गए

और जेकलिन को ले गया बूढ़ा अरबपति ओनासिस।

एक 60 साल के बूढ़े की तीन बीवियां मर चुकी थीं। बूढ़ा जायदाद वाला। संतान कोई नहीं। उसे चौथी बीवी की ज़रूरत महसूस हुई। उसे बीवी तो चाहिए ही थी, जायदाद का वारिस भी चाहिए था। वारिस न हो तो जायदाद हाय-हाय करती रहती है कि मेरा क्या होगा? आदमी को आदमी नहीं चाहिए। जायदाद को आदमी चाहिए। बूढ़े की नज़र गांव की एक कन्या पर थी। पर उसके मां-बाप राज़ी कैसे हों? बूढ़ा चतुर था। उसने लड़की के रिश्तेदारों से कहा–चलो भैया, तीरथ कर आएं। तीर्थ में उसने कुछ रुपये देकर साधु को मिला लिया। फिर लड़की के रिश्तेदारों के साथ उसके पास गया और हाथ दिखाया। साधु पहले से सधा हुआ था। उसने हाथ देखकर कहा–तुम्हारी एक और शादी होगी। लिखी है। बूढ़े ने बनकर कहा–अरे नहीं महात्मा, इस उम्र में माया-जाल में मत फंसाओ। साधु ने कहा–तुम चाहो या नहीं, वह तो होगी। लिखी है। लिखी को कोई नहीं मिटा सकता। लड़का भी होगा। रिश्तेदारों ने गांव पहुंचकर लड़की को मां-बाप से कहा–उसके तो लिखी है। लड़का भी लिखा है। बहुत जायदाद है। लड़की को दे दो। लिखी थी, तो बूढ़े की शादी हो गई। सदियों से यह समाज लिखी पर चल रहा है। लिखाकर लाए हैं तो पीढ़ियां मैला ढो रही हैं और लिखाकर लाए हैं तो पीढ़ियां ऐशो-आराम भोग रही हैं। लिखी को मिटाने की कभी कोशिश ही नहीं हुई! दुनिया के कई समाजों ने लिखी को मिटा दिया। लिखी मिटती है! आसानी से नहीं मिटती तो लात मारकर मिटा दी जाती है। इधर कुछ लिखी मिट रही है। भूतपूर्व राजा-रानी की लिखी मिट गई। अछूतों के लड़के पढ़-लिखकर अफसर भी होने लगे हैं और जिन विप्र परिवारों में उनका बाप सफाई करता है, उनके लड़के उसे झुककर सलाम करते हैं। जो लिखाकर लाए थे कि इनके हमेशा चरण छुए जाएंगे, उनकी भी लिखी मिट रही है।

यह जवान आदमी अगर यही मान ले कि वह औरत इसके नहीं लिखी थी उस पैसेवाले को लिखी थी, तो यह शांत हो सकता है।

ऐसी घटनाएं होना ज़रूरी है। इनसे फिल्मों की बेवफाई के गाने बनते हैं। पर फिल्म में जो बेवफाई करती है वह पत्नी नहीं, प्रेमिका होती है और बावफा प्रेमी का काम आसान हो जाता है। वह 'हाय बेवफा' कहकर रोता है और हृदय-परिवर्तन की राह देखता है।

प्रेमिका की बात अलग है, पत्नी की अलग। पश्चिम में कम-से-कम इतना

कर लिया है कि पति-पत्नी की न पटे तो तलाक ले लिया। मगर इस देश में चोरी छुपे का मामला है। यहां तलाक नहीं होता, औरत की नाक काट ली जाती है या उसकी हत्या कर दी जाती है। गांववाला कुल्हाड़ी से मारता है, शहरवाला ज़हर देता है।

यह आदमी क्या इरादा रखता है? मैं कहता हूं—तुम उस बूढ़े की औरत को भगा लाओ।

वह कहता है—उसकी तो मर गई और होती भी तो उस बुढ़िया को लाता!

मैं कहता हूं—तो तुम दूसरी से शादी कर लो।

उसने कहा—मेरा तो जी होता है कि जाकर उस हरामजादी के कलेजे में छुरा घुसेड़ दूं।

आखिर यह भी सच्चा भारतीय मर्द निकला। तलाक नहीं देगा, छुरा घुसेड़ेगा। यह समझता है कोई उसके घड़े को उठाकर ले गया है। यह उसे पत्थर से फोड़ना चाहता है—मैं इसमें पानी नहीं पीऊंगा, तो तू भी नहीं पिएगा।

मैं कहता हूं—औरत प्रापर्टी नहीं है।

वह भर-आँख मुझे देखता है। कहता है—औरत प्रॉपर्टी नहीं है?

मैं कहता हूं—नहीं।

वह नीचा सिर करके अपने-आप बार-बार कहता है—अच्छा, औरत प्रॉपर्टी नहीं है। हूं, औरत प्रॉपर्टी नहीं है!

8-10 बार ऐसा कहकर वह उठकर चला जाता है।

सोचता हूं, क्या यह उसे छुरे से मार डालेगा नहीं, वह कहता है—ऐसा जी होता है कि छुरा घुसेड़ दूं। जिसका जी होता है वह छुरा नहीं घुसेड़ता। मारने वाला पहले छुरा घुसेड़ता है, बाद में जी से पूछता है।

मैं उसे भूल जाता हूं। किसे फुरसत है कि पति को छोड़कर भागी औरतों का हिसाब रखे?

एक दिन वह मुझे बस स्टेशन पर मिल जाता है। उसके पीछे एक औरत है। वह मुझे 'नमस्ते' करता है। उसी क्षण औरत थोड़ा-सा घूंघट कर लेती है।

वह कहता है—यह मेरी बीवी है।

मैं पूछता हूं—तुमने दूसरी शादी कर ली, यह अच्छा किया।

उसने कहा—नहीं, वही है।

अरे, औरत को राजनीति की बीमारी लग गई। दो महीने में दो बार दल-बदल कर डाला।

वह मेरी तरफ अजब ढंग से देखता है। लगता है, कह रहा है—तुम तो कहते थे औरत प्रॉपर्टी नहीं है! अब देखो।

मैं औरत को देखता हूं। वह सचमुच प्रापर्टी की तरह ही खड़ी थी।

किताबों की दुकान और दवाओं की

बाज़ार बढ़ रहा है। इस सड़क पर किताबों की एक नई दुकान खुली है और दवाओं की दो। ज्ञान और बीमारी का यही अनुपात है अपने शहर में। ज्ञान की चाह जितनी बढ़ी है उससे दुगनी दवा की चाह बढ़ी है। यों ज्ञान खुद एक बीमारी है। 'सबसों भले विमूढ़, जिनहिं न व्यापै जगत गति।' अगर यह किताब की दुकान न खुलती तो दो दुकानें दवाइयों की न खोलनी पड़तीं। एक किताब की दुकान ज्ञान से जो बीमारियां फैलाएगी, उनकी काट ये दो दवाओं की दुकानें करेंगी।

पुस्तक विक्रेता अक्सर मक्खी मारते बैठा रहता है। बेकार आदमी हैज़ा रोकते हैं क्योंकि वे शहर की मक्खियां मार डालते हैं। ठीक सामने दवा की दुकान पर हमेशा ग्राहक रहते हैं। मैं इस पुस्तक-विक्रेता से कहता हूं—तूने गलत धंधा चुना। इस देश को समझ। यह बीमारी-प्रेमी देश है। तू अगर खुजली का मलहम ही बेचता तो ज़्यादा कमा लेता। इस देश को खुजली बहुत होती है। जब खुजली का दौर आता है, तो दंगा कर बैठता है या हरिजनों को जला देता है। तब कुछ सयानों को खुजली उठती है और वे प्रस्ताव का मलहम लगाकर सो जाते हैं। खुजली सबको उठती है—कोई खुजाकर खुजास मिटाता है, कोई शब्दों का मलहम लगाकर।

मुझे इस सड़क के भाग्य पर तरस आता है। सालों से देख रहा हूं, सामने के हिस्से में जहां परिवार रहते थे वहां दुकानें खुलती जा रही हैं। परिवार इमारत में पीछे चले गए हैं। दुकान लगातार आदमी को पीछे ढकेलती जा रही है। दुकान

आदमी को ढांकती जा रही है। यह पहले प्रसिद्ध जनसेवी स्वतंत्रता-संग्राम सेनानी दुर्गा बाबू की बैठक थी। वहां अब चूड़ियों की दुकान खुल गई है। दुर्गा बाबू आम सड़क से गायब हो गए। यों मैंने बहुत-से क्रांतिवीरों को बाद में भ्रांतिवीर होते देखा है। अच्छे-अच्छे स्वातंत्र्य शूरों को दुकानों के पीछे छिपते देखा है। मगर दुर्गा बाबू जैसे आदमी से ऐसी उम्मीद नहीं थी कि वे चूड़ियों की दुकान के पीछे छिप जाएंगे।

दवा-विक्रेता मेरा परिचित हैं। नमस्ते करता है। कभी पान भी खिलाता है। मैं पान खाकर फौरन किताब की दुकान पर आ बैठता हूं। उसे हैरानी है कि मैं न चलनेवाली दुकान पर क्यों बैठता हूं। उसकी चलनेवाली दुकान पर क्यों नहीं बैठता? चतुर आदमी हमेशा चलने वाली दुकान पर बैठता है। लेकिन अपना यही रवैया रहा है कि न चलने वाली दुकान पर बैठे हैं। या जिस दुकान पर बैठे हैं उसका चलना बन्द हो गया है। साथ के बहुत-से लोग चलने वाली दुकानों पर बैठते-बैठते उनके मैनेजर हो गए हैं। मगर अपनी उजाड़ प्रकृति होने के कारण अभी सेल्समैन तक बनने का जुगाड़ नहीं हुआ।

दवा-विक्रेता हर राहगीर के बीमार होने की आशा लगाए रहता है। मेरे बारे में भी वह सोचता होगा कि कभी यह बीमार पड़ेगा और दवा खरीदने आएगा। मैं उसकी खातिर 6 महीने बीमार पड़ने की कोशिश करता रहा मगर बीमारी आती ही नहीं थी। मैं बीमारियों से कहता—तुम इतनी हो। कोई आ जाओ न! बीमारियां कहतीं—दवाओं के बढ़े दामों से हमें डर लगता है। जो लोग दवाओं में मुनाफाखोरी की निन्दा करते हैं, वे समझें कि महंगी दवाओं से बीमारियां डरने लगी हैं। वे आतीं ही नहीं। मगर दवाएं सस्ती हो जाएं तो हर किसी की हिम्मत बीमार पड़ने की हो जाएगी। जो दवा में मुनाफाखोरी करते हैं वे देशवासियों को स्वस्थ रहना सिखा रहे हैं। मगर यह कृतघ्न समाज उनकी निन्दा करता है।

आखिर मैं बीमार भी पड़ा, लेकिन तब, जब बीमारियों को विश्वास हो गया कि मेरे डॉक्टर मित्र मुझे 'सेम्पल' की मुफ्त दवाओं से अच्छा कर लेंगे।

बीमार पड़ा तो एक ज्ञानी समझाने लगे—बीमार पड़े, इसका मतलब है, स्वास्थ्य अच्छा है। स्वस्थ आदमी ही बीमार पड़ता है। बीमार क्या बीमार होगा। जो कभी बीमार नहीं पड़ते, वे अस्वस्थ हैं। यह बात बड़ी राहत देने वाली है।

बीमारी के दिनों में मुझे बराबर लगता रहा कि वास्तव में स्वस्थ मैं अभी

हुआ हूं। अभी तक बीमार नहीं पड़ा था तो बीमार था। बीमारी को स्वास्थ्य मान लेनेवाला मैं अकेला ही नहीं हूं। पूरे समाज बीमारी को स्वास्थ्य मान लेते हैं। जाति-भेद एक बीमारी ही है। मगर हमारे यहां कितने लोग हैं जो इसे समाज के स्वास्थ्य की निशानी समझते हैं? गोरों का रंग-दंभ एक बीमारी है। मगर अफ्रीका के गोरे इसे स्वास्थ्य का लक्षण मानते हैं और बीमारी को गर्व से ढो रहे हैं। ऐसे में बीमारी से प्यार हो जाता है। बीमारी गौरव के साथ भोगी जाती है। मुझे भी बचपन में परिवार ने ब्राह्मणपन की बीमारी लगा दी थी, पर मैंने जल्दी ही इसका इलाज कर लिया।

मैंने देखा है, लोग बीमारी बड़ी हँसी-खुशी से झेलते हैं। उन्हें बीमारी प्रतिष्ठा देती है। सबसे ज़्यादा प्रतिष्ठा 'डायबिटीज़' से मिलती है। इसका रोगी जब बिना शक्कर की चाय मांगता है और फिर शीशी में से एक गोली निकालकर उसमें डाल लेता है तब समझता है, जैसे वह शक्कर के कारखाने का मालिक है। एक दिन मैं एक बंधु के साथ अस्पताल गया। वे अपनी जांच इस उत्साह और उल्लास के साथ कराते रहे, जैसे लड़के के लिए लड़की देख रहे हों। बोले—चलिए, ज़रा ब्लड शुगर दिखा लें। ब्लड शुगर देख ली गई तो बोले—ज़रा पेशाब की जांच और करवा लें। पेशाब की जांच कराने के बाद बोले—लगे हाथ कार्डियोग्राम और करा लें। एक-से-एक नामी बीमारी अपने भीतर पाले थे, मगर ज़रा भी क्लेश नहीं। वे बीमारियों को उपलब्धियों की तरह संभाले हुए थे। बीमारी बरदाश्त करना अलग बात है, उसे उपलब्धि मानना दूसरी बात। जो बीमारी को उपलब्धि मानने लगते हैं, उनकी बीमारी उन्हें कभी नहीं छोड़ती। सदियों से अपना यह समाज बीमारियों को उपलब्धि मानता आया है और नतीजा यह हुआ है कि भीतर से जर्जर हो गया है मगर बाहर से स्वस्थ होने का अहंकार बताता है।

मुझे बीमारी बुरी लगती है। बरदाश्त कर लेता हूं, मगर उससे नफरत करता हूं। इसीलिए बीमारी का कोई फायदा नहीं उठा पाता। लोग तो बीमारी से लोकप्रिय होते हैं, प्रतिष्ठा बढ़ाते हैं। एक साहब 15 दिन अस्पताल में भरती रहे, जो सार्वजनिक जीवन में मर चुके थे, तो ज़िन्दा हो गए। बीमारी कभी-कभी प्राणदान कर जाती है। उनकी बीमारी की खबर अखबार में छपी, लोग देखने आने लगे और वे चर्चा का विषय बन गए। अब चुनाव लड़ने का इरादा रखते हैं। वे तब तक अस्पताल से नहीं गए जब तक एक मंत्री ने उन्हें नहीं देख लिया। डॉक्टर कहते—अब आप पूर्ण स्वस्थ हैं। घर जाइए। वे कहते—डॉक्टर साहब, दो-चार दिन और रेस्ट

ले लूं। फिर मुझसे पूछते—क्यों, भैयाजी कब आने वाले हैं? मैं देखता, उनके चेहरे पर स्वस्थ हो जाने की बड़ी पीड़ा थी। ऐसी धोखेबाज़ बीमारी, कि मिनिस्टर के देखने के पहले ही चली गई। निर्दय, कुछ दिन और रहती तो तेरा क्या बिगड़ता?

बीमारी से चतुर आदमी कई काम साधता है। एक साहब मामूली-सी बीमारी में ही अस्पताल में भरती हो गए। उन्हें कुछ लोगों से उधारी वसूल करनी थी और कुछ लोगों से काम कराने थे। अस्पताल से वे चिट्ठी लिखने लगे—प्रिय भाई, अस्पताल से लिख रहा हूं। बहुत बीमार हूं। बड़े संकट की घड़ी है। चलाचली की बेला है। आप रुपये भेज दें तो बड़ी कृपा हो। आधे-से सहृदयों ने उन्हें रुपये भेज दिए। बाकी ने सोचा—जब चलाचली की बेला है तो कुछ दिन देख ही लिया जाए। सिधार जाएं तो पैसे बच जाएंगे। एक मामूली बीमारी से उन्होंने दया जगाकर कई काम करा लिए।

चाहता हूं, पर मुझसे यह नहीं बनता। मेरे वही शुभचिन्तक कह रहे थे—तुम 15 दिनों से बीमार पड़े हो और अभी तक अखबार में खबर नहीं छपाई! छपा दो और फिर देखो, कितने लोग आते हैं। मेरी हिम्मत नहीं होती। अगर लोग नहीं आए तो आघात से मर ही जाऊंगा। ऐसा एक 'केस' मैं देख चुका हूं। उन भाई को मामूली बुखार ही आया था। उन्होंने सुबह के अखबार में समाचार छपा दिया और तश्तरी में 50-60 पान रखवाकर बैठ गए। मगर दोपहर तक कोई नहीं आया और पान सूखने लगे। संयोग से दोपहर को हम दो लोग पहुंचे तो देखा वे 'नर्वस ब्रेकडाउन' की स्थिति तक पहुंच गए हैं। कहने लगे—यह साली दुनिया है। दोस्त हैं हरामज़ादे। अखबार में छप गया तब भी कोई नहीं आया। कोई किसी का नहीं है। सब रिश्ते झूठे हैं। वे रोने लगे। तब हमने बीस-पचीस लोगों को उनके घर भिजवाया और प्राण बचाए।

मैं ऐसा रिस्क नहीं लेना चाहता। बिना लोगों के देखे ही अच्छा हो जाऊंगा। डॉक्टर कहता है—ज़रा दिमाग को शांत रखिए। मैं सोचता हूं—इस ज़माने में दिमाग तो सिर्फ सूअर का शांत रहता है। यहां-वहां का मैला खा लिया और दिमाग शांत रखा। जो ऐसा नहीं करता और जो सचेत प्राणी है। उसका दिमाग बिना मुर्दा हुए कैसे शान्त रहेगा?

घुटन के पन्द्रह मिनट

एक सरकारी दफ्तर में हम लोग एक काम से गए थे—संसद सदस्य तिवारी जी और मैं। दफ्तर में फैलते-फैलते यह खबर बड़े साहब के कानों तक पहुंच गई होगी कि कोई संसद सदस्य अहाते में आए हैं। साहब ने साहबी का हिदायतनामा खोलकर देखा होगा कि अगर संसद सदस्य दफ्तर में आए तो क्या करना? जवाब मिला होगा—उसे चाय पिलाना। फिर देखा होगा, अगर उसके साथ कोई आदमी हो तो उसके साथ क्या करना? जवाब मिला होगा—उसे भी चाय पिला देना। साहब ने हिदायतनामा बंद करके बड़े बाबू से कहा होगा—तिवारीजी का काम खत्म हो जाए तो उन लोगों को चाय पीने को यहां ले आना।

काम खत्म होने पर बड़े बाबू ने कहा—साहब के साथ चाय पी लीजिए। साहबों के साथ औपचारिक चाय पीने के अनुभव मुझे हैं। उन्हें याद करके मैं कुछ घबड़ाया। मगर सोचा, यह अनुभव सुखदायक भी हो सकता है। हम दोनों साहब के कमरे में घुसे। एक निहायत बनावटी मुस्कान फैली साहब के चेहरे पर। यह मुस्कान सरकार खास तौर से अपने कूटनीतिज्ञों और अफसरों के लिए बनवाती है। पब्लिक सेक्टर में इसका कारखाना है। प्राइवेट सेक्टर के कारखाने में बनी मुस्कान व्यापारी के चेहरे पर होती है। इसे नकली मूंछ की तरह फौरन पहन लिया जाता है। जब ज़ुल्फिकार अली भुट्टो के साथ मुस्कुराते सरदार स्वर्णसिंह की तस्वीर देखता तो चकित रह जाता। भारत-पाक युद्ध, भयंकर दुश्मनी—मगर मुस्कान यह ऊंची क्वालिटी की बनी हुई है।

साहब मुस्कुरा चुके तो तीनों के मन् में समस्या पैदा हुई कि अब क्या किया जाए? चाय तो टेबिल पर है नहीं। चपरासी लेने गया होगा।

हमने सोचा, इन्होंने बुलाया है तो निभाने की सारी ज़िम्मेदारी इनकी। वे

समझे थे कि निभाने की ज़िम्मेदारी हम ले लेंगे।

कुछ सेकंड इस दुविधा में कटे। इतने में साहब समझ गए कि उन्हीं को निभाना है।

बोले—सुनाइए तिवारी जी, दिल्ली के क्या हाल हैं?

यह इतना व्यापक सवाल था कि इसका जवाब सिवा इसके क्या हो सकता था कि सब ठीक है। तिवारी जी जानते थे कि दिल्ली पर बम बरस जाएं तो भी इन्हें मतलब नहीं।

थका-सा जवाब दे दिया—सब ठीक है।

साहब को जवाब माकूल लगा।

फिर मुझसे पूछा—सुनाइए परसाईजी, साहित्य में कैसा चल रहा है?

मैंने भी कहा—सब ठीक चल रहा है।

बात खत्म हो चुकी। सरकारी अफसर हैं—राजनीति की बात कर नहीं सकते। साहित्य से कोई सरोकार नहीं।

हम तीनों की नज़र दरवाज़े पर है। हम तीनों चपरासी की राह देख रहे हैं।

मगर चपरासी हम तीनों का दुश्मन है। वह आ नहीं रहा। पता नहीं कितनी दूर चाय लेने गया है।

साहब अपनी कुर्सी पर हैं। जब उन्हें लगता है वे बड़े आदमी हैं, वे सीधे तनकर बैठ जाते हैं। मगर जब तिवारीजी अपनी छड़ी की मूठ पर हाथ रखते हैं, तो साहब को एहसास होता है कि सामने संसद सदस्य बैठा है। वे टेबिल पर झुक जाते हैं। मैं यह कवायद बड़ी दिलचस्पी से देख रहा हूं। साहब तने, इसी वक्त तिवारीजी ने छड़ी की मूठ पर हाथ फेरा, साहब ढीले हुए। साहब का ध्यान छड़ी पर है। वे अब छड़ी को ही संसद सदस्य समझने लगे हैं।

मैंने अब पेपरवेट उठा लिया है और उससे जी बहला रहा हूं। तिवारीजी ने छड़ी की मूठ पर लगातार हाथ फेरना शुरू कर दिया है कि साहब को तनने का मौका ही नहीं मिल रहा है। साहब ने एक पिन उठा ली है और उससे नाखून के मैल को साफ करने लगे हैं। मेरी बड़ी इच्छा हो रही है कि पिन से दांत खोदूं। इससे दूसरा काम नहीं होता। मैं पेपरवट रख देता हूं और एक पिन उठा लेता हूं। पिन से मैं दांतों का मैल साफ करने लगता हूं।

हम तीनों दरवाज़े की तरफ देखते हैं। फिर एक-दूसरे की तरफ बड़े दीन नयनों से देखते हैं। हम तीनों को चपरासी मार रहा है और हम कुछ कर नहीं सकते। अत्यन्त दीन भाव से साहब तिवारी जी से पूछते हैं—और सुनाइए तिवारी जी, दिल्ली के क्या हाल हैं?

तिवारी जी कहते हैं—सब ठीक ही है।

मुझसे पूछते हैं—सुनाइए परसाई जी, साहित्य में कैसा चल रहा है?

मैं कहता हूं—ठीक ही चल रहा है।

कहीं कुछ नहीं जुड़ रहा। वे और हम दो पहाड़ियों पर इतनी दूर हैं कि कोई पुल हमें जोड़ नहीं सकता। हम तीनों कगार पर खड़े हैं। नीचे गहरी खाई है। मगर एक-दूसरे की आवाज़ भी नहीं सुनाई देती।

साहब को घंटी की याद आती है। घंटी हर साहब की नसों के तनाव को दूर करने के लिए होती है। उन्होंने घंटी बजाई और एक चपरासी हाज़िर हो गया।

साहब ने कहा—चाय अभी तक नहीं आई।

चपरासी ने कहा—गया है साब लेने। इधर के होटल में दूध खलास हो गया।

मारा होटलवाले ने। दूध खलास किए बैठा है। पता नहीं चपरासी कितनी दूर गया है।

अब क्या करें?

साहब ने अब पेंसिल उठा ली है। वे उसे गाल पर रगड़ते हैं। मेरे दांत अब साफ हो चुके हैं। पिन उठा नहीं सकता। मैं टेबिल पर तबला बजाने लगता हूं।

साहब बहुत संकट में हैं। वे यह जानते कि पास के होटल का दूध खत्म हो गया है तो चाय पीने को बुलाते ही नहीं। हम भी घोर संकट में हैं। इन्होंने पहले चाय बुलाकर फिर हमें क्यों नहीं बुलाया?

साहब पेंसिल गाल पर काफी रगड़ चुके। दरवाज़े की तरफ देखते हैं।

फिर वही—और सुनाइए तिवारीजी, दिल्ली के क्या हाल हैं?

इस बार तिवारी जी ने तय किया कि कुछ करना ही पड़ेगा। दिल्ली के हालात पर बात चले, तो कुछ हल्कापन महसूस हो।

वे बोले—कांग्रेस के दो हिस्से हो गए। सिंडिकेट निकल गई बाहर।

मेरा ख़्याल था, अब बात चलेगी।

पर साहब बोले—अच्छा जी!

मैं खुद तिवारी जी से दो घंटे दिल्ली की राजनीति पर बात कर चुका था। मेरे पास बढ़ाने को कुछ था नहीं।

तिवारी जी एक कोशिश फिर करते हैं—इंदिरा सरकार बिलकुल पुख्ता है।

साहब ने कहा—अच्छा जी!

तिवारी जी निराश होकर छड़ी की मूठ पर हाथ फेरने लगे।

मैंने टेबिल पर तबला बजाना शुरू कर दिया।

कोई उपाय कारगर नहीं हो रहा।

साहब ने फिर कहा—और सुनाइए तिवारी जी, दिल्ली के क्या हाल हैं?

इस बार तिवारी जी कुछ नहीं बोलते। वे लगातार छड़ी की मूठ पर हाथ फेर रहे हैं।

हम तीनों की हालत खराब है। मेरा तबला बजाने का जी भी नहीं हो रहा।

इसी वक्त चपरासी ट्रे लेकर आ गया। हम सब मुर्दे जैसे जाग पड़े। साहब के चेहरे पर पहले ऐसा भाव आता है कि उसे चांटा मार दें। फिर दूसरा भाव आता है जैसे उसके चरण छू लें। मैं खुद गुस्से से भरा बैठा था। मगर उसके आते ही मेरा मन उसके प्रति कृतज्ञता से भर गया।

हमने बहुत फुर्ती से चाय सुड़की। उठे। बोले—अच्छा अब इजाज़त दीजिए।

उन्होंने फौरन इजाज़त दी। बोले—अच्छा जी। थैंक यू वेरी मच।

हमें उन्हें धन्यवाद देने का भी होश-हवास नहीं था।

बाहर आकर हम दोनों ने पहले खूब ज़ोर से चार-छह सांसें लीं, फिर गाड़ी में बैठे। रास्ते-भर हम एक-दूसरे से नहीं बोले।

उतरते वक्त अलबत्ता मैंने कहा—और सुनाइए तिवारी जी, दिल्ली के क्या हाल हैं?

तिवारी जी भन्नाकर बोले—यार, अब भूलने भी नहीं दोगे?

आचार्यजी, एक्सटेंशन और बागीचा

क्लीन शेव के बाद भी आचार्यजी को एक्सटेंशन नहीं मिला।

आचार्यजी के पिता झर्रटिदार मूंछें रखते थे। वे अंग्रेज़ सरकार के नौकर थे। उनकी मूंछों की सिफत यह थी कि आदमी और मौका देखकर बर्ताव करती थीं। वे किसी के सामने 'आई डोंट केअर' के ठाठ की हो जातीं। फिर किसी और के सामने वे मूंछों पर इस तरह हाथ फेरते कि वे 'आई एम सॉरी सर' हो जातीं। मूंछों के इस दुहरे स्वभाव के कारण वे सफल और सुखी आदमी रहे। आचार्यजी जब जवान थे, और आचार्य नहीं सिर्फ लेक्चरर थे, तब उन्होंने पिताजी की तरह मूंछें रख ली थीं। वे इन मूंछों से रीडरी की तलाश करते थे, जैसे कोई-कोई क़ीड़े मूंछ के दो लंबे बालों से राह खोजते हैं। पर मूंछों के ही कारण रीडरी दूर हटती जाती थी। तब आचार्यजी ने पिता और पौरुष—दोनों से क्षमा मांगकर मूंछें आधी करवा लीं। उनका डंक चला गया और वे मात्र ब्रश रह गईं। वे रीडर हो गए। आगे आधी मूंछें भी प्रोफेसर बनने में बाधा डालने लगीं तो उन्होंने उन्हें कतरवाकर नाक के दोनों तरफ मक्खी बिठा ली और प्रोफेसर हो गए। आगे रिटायर होने का वक्त आया और वे एक्सटेंशन की कोशिश में लग गए। अब उन्होंने मक्खी भी साफ करा ली और क्लीन शेव हो गए। उन्हें एक एक्सटेंशन मिल गया।

आचार्यजी मेरे बड़े भाई के मित्र थे। बड़े भाई की मृत्यु हो चुकी थी। आचार्यजी इस नाते मुझे शुरू से ही स्नेह देने लगे। वे मुझे भुजाओं में जकड़ लेते और मुझे लगता, मेरे गाल पर साहित्य झाड़ू लगा रहा है। आगे मुझे लगता है, मेरे गाल पर आलोचना ब्रश कर रही है। फिर मुझे लगने लगा, मेरी रचनाओं

पर समीक्षा की मक्खियां भिनभिना रही हैं। क्लीन शेव के बाद भी वे उसी तरह मुझे गले लगाकर गाल पर गाल रख देते और मुझे लगता, हज़ारों केंचुए मेरे शरीर से लिपटे हैं। मुझे अपने-आप से घिन होने लगती।

गोल चेहरा। चेहरे पर बच्चे जैसी पवित्रता। आंखों में अपार स्नेह। नाक की मुद्रा में निश्छलता। पूरे मुख पर यह भाव कि मैं तो इतना स्नेही, भला और परोपकारी हूं, पर सारी दुनिया मुझ पर अन्याय कर रही है। वे जब भी मुझे मिलते, मुझे यही बोध होता कि भले आदमी दुनिया में कितने दुखी रहते हैं। कई सालों तक मैं उन्हें सामने से देखता रहा और उनका यही पावन रूप मुझे दिखता। एक दिन मैंने कोण से उनकी नाक को अनायास देख लिया और मेरे भीतर एक झटका-सा लगा। नाक सामने से कुछ और बताती थी और साइड से कुछ और। मुझे आज तक उनकी नाक का वह बाजू से देखना याद है। तब उनकी नाक बहुत कुटिल और क्रूर लगी थी। आदमी को समझने के लिए सामने से नहीं, कोण से देखना चाहिए। आदमी कोण से ही समझ में आता है। उनका वह सहज, स्नेहिल मुखड़ा मुझे भयानक लगा। मैंने उनकी आंखों को फिर देखा। उनमें स्नेह के पीछे न जाने क्या-क्या छिपा था।

उस दिन से मैं आचार्यजी से डरने लगा। वे मुझे गले लगाते, तो मेरा दम घुटता। मैं हृदय से चाहता कि वे मुझसे नफरत करें, पर वे स्नेह छोड़ते ही नहीं थे और मुझे देखते ही भुजाओं में भर लेते। उनके स्नेह के अनुपात से मैं उनके स्वार्थ का अनुपात समझने लगा। तीस सेकंड गले लगाकर वे मेरी 4-6 किताबें ले गए। एक मिनट आलिंगन करके उन्होंने अपने प्रतिद्वन्द्वी के खिलाफ मुझसे अखबार में लिखवा लिया। डेढ़ मिनट के आलिंगन में उन्होंने मुझसे अपने बारे में लेख लिखवा लिया। दो मिनट मुझे हृदय से लगाया और मुझसे 3-4 सौ कापियां जंचवा लीं। लगातार एक सप्ताह तक मुझे तीन फी दिन के हिसाब से गले लगाकर उन्होंने अपने आवारा बेटे की शादी मेरी मारफत मेरे परिवार की एक लड़की से करा ली—और लड़की के मां-बाप मुझे अभी तक गाली देते हैं। हृदय से लगाने पर उन्हें लगता कि ज़ोर कम पड़ेगा, तो वे मेरे बड़े भाई की याद करके आंखों में आंसू ले आते और मैं समझ जाता कि आज कोई बड़ा काम मुझसे करवाएंगे।

मैं सोचता कि क्या मेरे प्रति ही इनका इतना स्नेह है? क्या सिर्फ मुझे ही गले लगाते हैं। नहीं, वे बहुत सुलझे हुए विचार के आदमी थे। उनके विचारों में कोई दुविधा नहीं थी। किससे कितना लाभ उठाना है, इसका हिसाब उनके

मन में होता था और वे इसी हिसाब से अपने हृदय का स्नेह उद्वेलित कर देते थे।

मैं उन्हें समझ गया था। एक बार वे एक शहर पन्द्रह दिन के लिए गए। उन्हें मुफ्त में ठहरने और खाने की सुविधा चाहिए थी। वे जानते थे, उस शहर में मेरा एक घनिष्ठ और सम्पन्न मित्र रहता है। जाने के 15 दिन पहले से उन्होंने मेरे ऊपर स्नेह उंडेलना शुरू कर दिया। मेरे तमाम कपड़े भीग गए। मैं इंतज़ार कर रहा था—स्नेह की परिणति का। आखिर जाते वक्त वे उस मित्र के लिए मेरी चिट्ठी ले गए। मित्र ने उनका बढ़िया इंतज़ाम कर दिया। महीना-भर बाद वह मित्र मुझे मिला तो उसने कहा कि आचार्यजी का मैंने अच्छा इंतज़ाम कर दिया था। उन्हें कोई तकलीफ नहीं हुई। मैंने पूछा—पर उन्होंने तुमसे मेरी निंदा की होगी न? सच बताओ। उसने झिझककर कहा—हां, की थी! पर तुमने कैसे जाना? मैंने कहा—मैं जानता हूं, वे बहुत सुलझे हुए विचारों के आदमी हैं। जिससे फायदा उठा रहे हैं, उसकी प्रशंसा और बाकी सबकी निंदा—ऐसी क्लीअर थिंकिंग है उनकी।

बड़े सुलझे विचार! जिसे नष्ट करने की कोशिश में लगे हैं, वह अगर मर जाए तो रो पड़ेंगे। कविता सुनकर भाव-विह्वल हो जाएंगे, आंखें छलछला आएंगी, पर आंसू पोंछकर जूनियर को सस्पेंड कराने की कार्रवाई कराने लगेंगे। खुद कविता सुनाएंगे और मानवी करुणा से हम सबको पावन कर देंगे, पर कविता सुनाने के बाद किसी छात्र के नम्बर घटाकर उसे फेल कर देंगे। प्रेमिका को गले लगाएंगे तो हिसाब भी करते जाएंगे कि इसका नेकलेस चुराकर कैसे बेचा जा सकता है। बच्चे को चूमेंगे तो वात्सल्य के साथ यह हिसाब भी करते जाएंगे कि बड़ा होकर यह कितना कमाएगा और मुझे उसमें से कितना देगा।

बड़े सुलझे विचार! मैं 3-4 सालों के लिए दूसरे शहर चला गया। सोचा, अब उनके स्नेह से मुझे छुटकारा मिलेगा। पर उनकी जब-तब चिट्ठियाँ आ जातीं। नीचे लिखा होता—'तुम्हारा ही' या 'केवल तुम्हारा'। हर ऐसी चिट्ठी के बाद मैं इंतज़ार करता कि अगली चिट्ठी में ये क्या काम बताते हैं। नए वर्ष की मंगलकामना वे भेजते, तो मैं समझ जाता कि मेरे मारफत इस साल अपने मंगल का हिसाब उनके पास तैयार होगा।

'केवल तुम्हारा' की दो-तीन चिट्ठियों के बाद उन्होंने पाठ्य पुस्तक में मेरी एक कहानी ले ली। प्रकाशक से उन्होंने कह दिया होगा कि इस लेखक से मेरे

घनिष्ठ सम्बन्ध हैं। इसे कुछ देने की ज़रूरत नहीं है। संग्रह के हर लेख के बारे में उन्होंने यही कह दिया होगा और प्रकाशक से रुपये लेकर पुस्तक को कोर्स में लगवा दिया। साहित्य में बंधुत्व से अच्छा धंधा हो जाता है।

मैं अपने-आपको अब धिक्कारने लगा था। सोचता—मैं कितना सत्त्वहीन हूं। हर बार परास्त हो जाता हूं। इस बार मैंने उनका सामना करने का तय किया। मैंने उन्हें लिखा कि आपने मुझे प्रकाशक से रुपये नहीं दिलवाए और कहानी ले ली। इनका जबाव आया—इतने वर्षों के स्नेह के बाद मुझे इतना अधिकार भी नहीं है कि मैं तुम्हारी एक कहानी ले लूं—केवल तुम्हारा। मैंने अब इन 'केवल मेरे' से निपटने की ठान ली। मैंने उन्हें लिखा—मेरे प्रति आपका स्नेह है इसलिए मैं नुकसान उठाऊं। और प्रकाशक के प्रति आपका स्नेह नहीं है, इसलिए वह फायदा उठाए। ऐसा स्नेह मानव जाति के इतिहास में पहली बार आपके द्वारा आविष्कृत हुआ है।

चिट्ठी का उन्होंने जबाव नहीं दिया। 15 दिन बाद मैंने वकील से प्रकाशक को नोटिस दिलवा दिया। अब मानवी संबंधों का एक नया दौर शुरू हुआ। प्रकाशक को वे लिखकर दे चुके थे कि मेरी लिखित अनुमति उनके पास है। प्रकाशक ने उन्हें मेरा नोटिस बताया होगा और तब उन्होंने मुझे लिखा कि मैं संकट में पड़ गया हूं और तुम मुझे अनुमति भेज कर उबार लो—तुम्हारा अपना। पर मैं 'मेरे अपने' से निपटने की ठान चुका था। मैंने एक नोटिस प्रकाशक को और दिलवाया कि मुझे 15 दिन के भीतर हज़ार रुपया दो, वरना कॉपीराइट एक्ट के मुताबिक दीवानी और फौजदारी—दोनों मुकदमें चलाए जाएंगे।

मुझे मालूम हुआ कि यह नोटिस पाकर प्रकाशक ने आचार्यजी पर धोखाधड़ी का मुकदमा दायर कर दिया। मेरा मन फिर कच्चा हुआ, मैंने मन को एक थप्पड़ लगाया और सख्त होकर बैठ गया। अब मुझे जो चिट्ठी मिली उसमें नीचे लिखा था—'आपका दासानुदास'। आग्रह वही था कि मैं अनुमति लिखकर भेज दूं।

मैंने अनुमति फिर भी नहीं भेजी। तब उनकी चिट्ठी आई कि मैं अमुक तारीख को तुमसे मिलने ही आ रहा हूं। एक अरसे से तुम्हें देखा नहीं है। तुम्हें देखने की ललक एकाएक मन में उठ आई है।

मैं ललक को समझ गया। मन फिर फिसला तो मैंने उसे इस बार दो चांटे लगाए।

नियत तारीख को वे आ गए। मैं उन्हें घर के बाहर ही मिल गया। वे एकदम विह्वल हो गए। आंखें बंद कर लीं। उन्हें चक्कर आने लगे। बोले—इतने दिनों बाद इस घर आया हूं, तो तुम्हारे भाई की याद से तड़प उठा हूं। ओह, कितना नोबल था वह! मुझे लगा, ये बेहोश होकर गिर पड़ेंगे। मैंने कहा—चलिए, भीतर चलिए। उन्होंने मेरा कंधा पकड़ लिया। बोले—ठहरो। ज़रा मुझे संभल जाने दो। मुझे संभल जाने दो भैया।

मैं समझ गया, ये बड़े संकट में पड़ गए, वरना मेरे भाई की याद का इतना लम्बा उपयोग न करते। मैं उन्हें सहारा देकर भीतर ले गया। वे बैठे। पानी मांगा। कहने लगे—भावुक हूं न। एकदम विचलित हो जाता हूं किसी प्रिय की स्मृति से।

अब उन्होंने संकटों का वर्णन किया। मेरे मन ने फिर कच्चापन दिखाया, पर मैंने उसे फिर चांटा मारा। मैंने तय किया कि आज मैं इन्हें नफरत करने के लिए मजबूर कर दूंगा। मैंने उनसे साफ कह दिया—मैं स्नेह और संकोच में आपके और दूसरों के हाथों काफी पिट चुका। अब मैं यह काम बंद कर रहा हूं। स्नेह की दुकान मैंने बढ़ा दी। अब अनुमति तभी लिखकर दूंगा, जब मुझे रुपये मिलेंगे। मेरा ख़्याल था अब इनके चेहरे पर क्रोध और नफरत आएगी। पर मैं निराश हुआ। वहां पहले जैसा ही स्नेह था। मैं इस आदमी के साथ कैसा करूं? यह अभी भी स्नेह के हथियार को नहीं छोड़ रहा है। ज़रा देर के लिए यह हथियार डाल दे तो मैं इसे दबोच लूं और रुपये वसूल कर लूं। पर वह तो हथियार पर धार कर रहा था। मुझे इस हथियार का सामना करना ही पड़ेगा। मैंने कहा—किसी तरह मैं समझौता नहीं करूंगा। मुझे रुपये चाहिए ही। भाई के लिए हम लोग बाद में रो लेंगे।

उन्होंने बटुआ निकाला। मैंने चेहरा देखा। नफरत अब भी नहीं थी। क्लेश था। बटुआ खोलकर उन्होंने सौ का नोट निकाला। नफरत अब भी नहीं थी मुख पर। बस, क्लेश गाढ़ा हो गया था, जैसे नोट नहीं प्राण निकालकर दे रहे हों। मैंने नोट ले लिया और अनुमति लिख दी। सोचा, अब स्नेह सम्बन्ध खत्म हो गए। मैं हल्का हो जाऊंगा। पर जाते वक्त उन्होंने मुझे फिर हृदय से लगा लिया। सोचा, इनके स्नेहिल चेहरे को ज़रा कोण से देख लूं, पर हिम्मत नहीं हुई।

मैं लौटकर आचार्यजी के शहर आ गया। वे विभागाध्यक्ष थे। बड़े बंगले में रहते थे। मेरे आने की खबर पाते ही उन्होंने मुझे बुलवा लिया और फिर गले

से लगा लिया। स्नेह की डोर मैं बार-बार काटता और वे जोड़ लेते। मेरा अंदाज़ा है, पहले वे लोभ के लिए स्नेह करते थे, अब शायद थोड़े डर के कारण।

विभाग में काम करने का उनका अपना तरीका था। वे शोध करवाते थे। शोध-छात्र लेने में वे एक सिद्धान्त का पालन करते थे। एक गल्ला व्यापारी का लड़का लेते, एक कपड़ा व्यापारी का, एक होज़री के दुकानदार का। फिर कोई जगह खाली बचती तो सब्ज़ी के व्यापारी के लड़के को ले लेते। कभी घी और किराना व्यापारी के लड़के को भी चांस मिल जाता। हर साल विश्वविद्यालय में लड़के शोर मचाते—आवश्यकता है—एक किराना व्यापारी के लड़के की, जिसे डॉक्टरेट चाहिए। शोध का निर्देश किराने की मात्रा और क्वालिटी पर निर्भर करेगा। किराने के 'सेम्पल' सहित दरख्वास्त दो।

इस हल्ले-गुल्ले से अविचलित आचार्यजी विद्या की साधना कराते जाते थे। वे सुलझे विचारों के आदमी थे!

रिटायर होते हुए वे कुछ दार्शनिक हो गए। वीतराग लगने लगे। वे एक्सटेंशन की कोशिश में थे। एक्सटेंशन उन्हें मिल भी गया।

चपरासियों से काम लेकर उन्होंने बंगले के सामने बहुत अच्छा बगीचा लगवा लिया था। रंग-बिरंगे खूबसूरत फूल। एक्सटेंशन की अवधि में उनका प्रकृति-प्रेम बहुत बढ़ गया था। मैं उनके यहां कभी-कभी जाता। वे बागीचे में बैठे मिलते। कहते—प्रकृति के सौंदर्य में से ईश्वर झांकता है।

वे किसी भी कली के पास बैठ जाते। कहते— तुम इस कली का स्पंदन सुन रहे हो? नहीं न? मैं सुन रहा हूं। और ज़रा इस फूल के जीवन का उत्स देखो। इस पत्ते को देखो। कित उल्लास से लहरा रहा है।

वे फूल को बच्चे की तरह सहलाते। कहते—ये भी मनुष्य हैं। प्रकृति में प्राण हैं। ये फूल, पत्ते, पौधे—मेरी संतानें हैं। 'मैं' अपने बच्चों की तरह इन्हें प्यार करता हूं। एक फूल कुम्हलाता है तो मुझे लगता है, मेरा जीवन कुम्हला रहा है। एक पत्ती सूखकर गिरती है, तो लगता है, मेरी एक भुजा टूट गई। कोई कली झड़ जाती है, तो मुझे ऐसा क्लेश होता है जैसे मेरे प्राण का एक अंश विसर्जित हो रहा हो।

वे मुग्ध हो जाते। आनन्द विभोर हो जाते। फूल-पत्तों के लिए अपार ममता उनके नयनों में होती। तब वे मुझे भव्यतर मनुष्य लगते और पिछला सब कुछ

भुलाकर मैं उन पर श्रद्धा करने लगता। कैसा दयालु, भावुक आदमी है, जो फूल और पत्ते के लिए रोता है।

बागीचा संवरता जाता था। साथ ही, दूसरे एक्सटेंशन की कोशिश चलती जाती। कवि मन सुबह फूल-पत्तों को संवारता और बाकी दिन एक्सटेंशन की कोशिश में लगा रहता।

एक दिन आचार्यजी को अंतिम बार बता दिया कि दूसरा एक्सटेंशन नहीं मिलेगा और दो महीने बाद यानि 31 जनवरी को उन्हें चले जाना है।

सुबह का वक्त था। मैं उनके घर पहुंचा। वे इस वक्त हमेशा बागीचे में मिलते थे। आज बरामदे में बैठे मिले। बोले—कल खबर मिल गई। एक्सटेंशन नहीं मिलेगा।

उन्होंने आंखें बंद कर लीं।

खोलीं तो मैं उनकी आंखें देखकर कांप गया। बूढ़ी आंखों में से आग निकल रही थी। उन्होंने बागीचे को देखा। मुझे लगा, फूल-पत्ते झुलस गए होंगे।

सांस खींचकर बोले—आखिर एक्सटेंशन नहीं मिला। यहां अब दो महीने बाद डॉ. दीनानाथ आ जाएगा। डॉ. दीनानाथ!

उन्होंने उसी दिन नौकरों को हुक्म दिया कि बागीचे में पानी नहीं दिया जाएगा।

पानी के बिना पौधों ने, धरती से जितना प्राण-रस खींच सकते थे, खींचा। फिर सूखने लगे।

मैं उनके घर कभी-कभी जाता। वे बरामदे में बैठे होते और सूखते पौधों को देख रहे होते।

कहते—उस गुलाब की हालत देख रहे हो? सूख रहे हैं बेटे!

—एक्सटेंशन नहीं मिला।

—उस मौलसिरी की हालत भी पतली है।

—एक्सटेंशन नहीं मिला।

—ये गमले तो अभी से सूख गए।

—एक्सटेंशन नहीं मिला।

—यहां डॉ. दीनानाथ आएगा!

अपने बढ़ाए, पाले-पोसे पौधों को आचार्यजी सुखा रहे थे। बरामदे में बैठकर उनका सूखना देखते थे और बीच-बीच में उसांस लेकर कहते—एक्सटेंशन नहीं मिला। अब यहां डॉक्टर दीनानाथ आएगा!

दो महीने में पूरा बागीचा सूख गया। वे फूल नहीं थे, जिनका स्पंदन वे सुनते थे। वह कली नहीं थी, जिसके जीवन का उत्स वे अनुभव करते थे। वे पत्ते झड़ गए थे जिनका उल्लास देखकर वे मुग्ध होते थे। बागीचे में अब सूखे नंगे पौधे खड़े थे क्योंकि ज़मीन उन्हें जकड़े थी।

30 तारीख को आचार्यजी ने सामान बंधवाया। दूसरे दिन उन्हें जाना था। दिन-भर वह व्यस्त रहे। शाम ढली। इसी समय गांधीजी की हत्या हुई थी।

दिसम्बर की रात। कड़ाके की ठंड थी। आचार्यजी ने नौकरों से वे सूखे डंठल कटवाकर बागीचे में इकट्ठे करवाए। एक ढेर लग गया। उसमें उन्होंने आग लगा दी और बड़ी रात तक अलाव तापते रहे।

दूसरे दिन आचार्यजी चले गए। इस संतोष से गए कि उन्होंने डॉ. दीनानाथ की आग ताप ली थी।

मैं उन्हें विदा करने गया। वे घर से निकले। जले हुए बागीचे की तरफ देखा।

आखिरी बार बोले—एक्सटेंशन नहीं मिला।

और मुंह फेरकर स्टेशन चल दिए।

सिलसिला फोन का

यह जो फोन लग गया है, उसके लिए 350 रुपये खरेजी ने जमा किए थे। लिहाज़ा, उन्हें अमर करना ज़रूरी है। इस अमर कृति के पहले ही वाक्य में उनका नाम आ गया है। अब वह अपने कृतित्व से अपनी उम्र बढ़ाने की झंझट में न पड़ें। उनका काम मैंने कर दिया है। तीसवीं शताब्दी के लगभग कोई शोध छात्र पैदा होगा, जो विभाग के अध्यक्ष को अपने गांव का शुद्ध घी खिलाकर और उनकी पत्नी को बच्चे के गुच्छे समेत प्रदर्शनों में झूला झुलाकर ज्ञान की साधना करेगा। वह यह पता ज़रूर लगा लेगा कि बीसवीं सदी में यह कौन भला मानस हो गया है, जो लेखक के घर भी फोन लगवा देता था।

जो नहीं है, उसे खोज लेना शोधकर्ता का काम है। काम जिस तरह होना चाहिए, उस तरह न होने देना विशेषज्ञ का काम है। जिस बीमारी से आदमी मर रहा है, उससे उसे न मरने देकर दूसरी बीमारी से मार डालना डॉक्टर का काम है। अगर जनता सही रास्ते पर जा रही है, तो उसे गलत रास्ते पर ले जाना नेता का काम है। ऐसा पढ़ाना कि छात्र बाज़ार में सबसे अच्छे नोट्स की खोज में समर्थ हो जाए, प्रोफेसर का काम है।

खैर, जिसका जो काम है, वह जाने। मेरे काम हैं—अमर करना और 'ऑल इंडिया' करना। ऑल इण्डिया कर देने का रेट सौ रुपये है। सौ रुपये लेकर मैं ऐसा लेख लिखता हूं, जो छपते ही मर जाए। मेरे दाता का नाम सारे देश में फैल जाता है, पर अमर नहीं होता। लेख की क्वालिटी ही ऐसी होती है कि वह छपते ही मर जाता है।

एक साहब से मैंने सौ रुपये ले लिए थे। इतनी उम्र हो गई पर किसी का पैसा वापस करने का गंदा विचार मेरे मन में कभी नहीं आया। पर सभी

का मन तो मेरे जैसा निर्मल नहीं होता है। उन सज्जन के मन में पैसे सम्बन्धी गंदा विचार था। मैं हूं साहित्यकार और साहित्यकार का धर्म है—मनुष्य के मन को निर्मल करना। मैं धर्म से गिर जाता अगर यह बर्दाश्त करता कि एक भले मानस के मन में सौ रुपये पड़े-पड़े सड़ा करें। मैंने एक लेख में उनके नाम का उल्लेख कर दिया। उनके पास बम्बई और दिल्ली से दोस्तों की चिट्ठियां आ गईं कि तुम्हारा नाम पढ़ लिया। इससे उनका मन मेरी तरह निर्मल हो गया। सड़े रुपये निकल गए। मेरा धर्म निभ गया। साहित्य का ठीक ढंग से उपयोग किया जाए तो समाज को बड़े फायदे होते हैं।

छोटे शहरों के अखबारों में शादी, संतान और फोन के समाचार छपते हैं। इधर एक अखबार में शादी के समाचार 'चिर जीवहु जोरी जुरै' शीर्षक के नीचे छपते हैं। बिहारी का वह दोहा यह है—

चिर जीवहु जोरी जुरै क्यों न स्नेह गम्भीर

को घटि ये वृषभानुजा वे हलधर के बीर

मेरे इस फोन का समाचार छपा था। ऊपर किन्हीं मिश्रजी के घर 'पुत्र-रत्न' की प्राप्ति का समाचार था और उसके ठीक नीचे मेरे इस 'फोन-रत्न' का। जब मिसेज़ मिश्र को पुत्र की प्रसव पीड़ा हो रही थी, तब मैं फोन की प्रसव-पीड़ा भोग रहा था। साढ़े तीन सौ रुपयों का एकाएक प्रबन्ध करना विकट प्रसव-पीड़ा है। इसे मिसेज़ मिश्र नहीं जानतीं, मिश्रजी जानते हैं। ज़चकी के खर्च के लिए रुपयों का इंतज़ाम करने में मिश्रजी को जितनी पीड़ा हुई होगी, उतनी पीड़ा में दस बच्चे पैदा हो जाते। अगर प्रकृति नर को भी प्रसव करने की सुविधा दे दे, तो मिश्रजी मिसराइन से कहेंगे—तू रुपयों का इंतज़ाम कर। बच्चा मैं दिए देता हूं, और मिश्रजी झंझट से बरी होकर 'मेटर्निटी होम' में दाखिल हो जाएंगे।

छपा था—अमुक मिश्रजी को पुत्र-रत्न की प्राप्ति हुई। बधाई! मुझे यह समझ में नहीं आता कि पैदा होते ही कैसे जान लिया कि बेटाजी रत्न हैं, वह कंकड़ नहीं हैं। ऐसा नहीं हो सकता क़ि अभी पुत्र कहें और अगर वैसा निकले तो रत्न कहने लगें? वैसे भी बिगड़े लड़कों को 'रतन' कहते ही हैं। अच्छा 'सुपुत्र' क्या होता है? और 'धर्मपत्नी' क्या चीज़ है। धर्मपत्नी होती है, तो अधर्मपत्नी क्या नहीं होती कोई? क्या धर्मादा में किसी पत्नी को 'धर्मपत्नी' कहते हैं? विकट कर्कशाएं तक 'धर्मपत्नी' कहलाती हैं। इधर एक कर्कशा है, जो पति को पीट

तक देती है, पर पति जब उसका परिचय देते हैं, तब कहते हैं—यह मेरी धर्मपत्नी है। और धर्मपत्नी भी अपने को पतिव्रता समझती है—पति को चाहे पीट लूं, पर पराये आदमी से नज़र नहीं मिलाती।

धर्मपत्नी होती है, धर्मपिता होता है। किसी दूसरे आदमी को जो वास्तविक पिता नहीं है, पिता मान लिया जाए, तो वह धर्मपिता कहलाता है। भाषा के बड़े छल हैं। और फिर धर्म के मामले में मैं शुरू से ही 'कन्फ्यूज़्ड' रहा हूं।

मेरा एक प्रगतिशील दोस्त कहता है—ये सु, रत्न, मंगल, शुभ, धर्म आदि भाषा के सामन्ती संस्कार हैं। किसी भी प्रगतिशील को सुपुत्र होने से इंकार कर देना चाहिए। मैं बचपन से ही इन्कार कर चुका हूं। मैं आदि प्रगतिशील हूं। मगर विवाहित प्रगतिशील अपनी बीवी को अधर्मपत्नी कहे तो ठीक रहेगा।

पुत्ररत्न कहो, चाहे सुपुत्र कहो—कुल वास्तविकता यह है कि परिवार-नियोजन के तमाम प्रचार के बावजूद मिश्रजी के घर एक लड़का हो गया। ऐसे समाचारों के प्रकाशन पर रोक लगनी चाहिए। इनसे प्रोत्साहन मिलता है। मिश्रजी के समाचार से दुबेजी को प्रोत्साहन मिलता है। खरबूजे को देखकर खरबूजा रंग बदलता है। एक बच्चे के पैदा होने का समाचार पढ़कर दूसरा बच्चा पैदा होने को उत्सुक हो जाता है। इस ज़माने में बच्चा होना शर्म और संकट की बात है। अगर समाचार छपना ही है, तो परिवार-नियोजन की भावना के अनुकूल ऐसा समाचार छपना चाहिए—'अमुक आदमी के यहां कल लड़का हुआ। धिक्कार है। सारा राष्ट्र उसपर थूक रहा है।'

यह जो 'दो या तीन बच्चे—बस' वाला पोस्टर है, यह गलतफहमी फैलाने लगा है। इसमें दो छोटे-छोटे बच्चों के साथ स्त्री बैठी है। एक स्त्री ने दीवार पर लगे इस पोस्टर को देखकर पोस्टर वाली से कहा—ऐ भेण जी, हमको मत बनाओ, तुम्हारे कुल दो ही नहीं हैं। उनको भी तो जोड़ो जो पढ़ने गए हैं। चतुर स्त्री समझ गई कि पोस्टर वाली ने दो बड़े बच्चों को तो पढ़ने भेज दिया और ये दो छोटे हमें दिखाकर बुद्धू बना रही है। परिवार-नियोजन वाले इस पोस्टर में सिर्फ एक बच्चा मां की गोद में रखें और दूसरे को स्कूल जाता बताएं। नीचे यह लिखें—बाई, हमारे दो ही हैं। एक गोद में है, और दूसरा पढ़ने गया है।

छोटे शहर की मानसिकता अलग होती है। यहां फोन मिलने पर बधाई दी जाती है। मैं जो फोन की बात कर रहा हूं, तो मुझे अपने एक मित्र की याद

आ रही है, जो मुझे 'प्रविंशियल' (कसबाई) कहता है। दिल्ली में कुछ साल पहले हम एक साल ठहरे थे। मैंने सुबह समय जानने के लिए 174 नम्बर डायल किया। बड़ा सुरीला संगीतमय नारी-कंठ बोला—टाइम इज़ टेन आवर्स फाइव मिनिट्स। मैं उद्वेलित हो गया। इतनी मीठी आवाज़ में आजकल कौन समय बताता है? मैंने कह दिया—थैंक यू। वह मेरा दोस्त खिलखिलाया। बोला—अरे प्रविंशियल, किसे धन्यवाद दे रहे हो! वहां कोई थोड़े ही बैठी है? मुझे कतई विश्वास नहीं हुआ कि यह सुरीली आवाज़ किसी यन्त्र की करामात हो सकती है। हो भी तो कोई बात नहीं, इतनी मीठी आवाज़ में कोई समय बताए तो कोई अपने को धन्यवाद देने से कैसे रोके?

वह चाहे कुछ कहे, वह गवाह है कि मैं इस फोन के कारण सट्टे के अंक बताने वाला ज्योतिषी हो सकता था। हुआ नहीं, यह मेरी दूसरे ज्योतिषियों पर मेहरबानी है। मैं एक दिन सड़क पर खड़ा हुआ एक मित्र को फोन का नम्बर बता रहा था। पास ही खड़े एक और आदमी ने नम्बर नोट कर लिया। मैं समझा कि खुफिया विभाग का होगा।

दूसरे दिन वह मकान का पता लगाते हुए आ गया। बोला—साहब, कल के फिगर तो ठीक आ गए। आज के और बता दीजिए। मैंने कहा कौन-से फिगर? उसने कहा—सट्टे के, जो आप कल मोटर-स्टैंड पर बता रहे थे। मैं अभी भी पछताता हूं, कि मैं खुद सट्टा क्यों नहीं खेल गया।

बरात की वापसी

बरात में जाना कई कारणों से टालता हूं। मंगल कार्यों में हम जैसे चढ़ी उम्र के कुंवारों का जाना अपशकुन है। महेश बाबू का कहना है, हमें मंगल कार्यों से विधवाओं की तरह ही दूर रहना चाहिए। किसी का अमंगल अपने कारण क्यों हो! उन्हें पछतावा है कि तीन साल पहले जिनकी शादी में वह गए थे, उनकी तलाक की स्थिति पैदा हो गई है। उनकी यह शोध है कि महाभारत युद्ध न होता, अगर भीष्म की शादी हो गई होती और अगर कृष्णमेनन की शादी हो गई होती, तो चीन हमला न करता।

सारे युद्ध प्रौढ़ कुंवारों के अहं की तुष्टि के लिए होते हैं। 1948 में तेलांगना में किसानों का सशस्त्र विद्रोह देश के वरिष्ठ कुंवारे विनोबा भावे के अहं की तुष्टि के लिए हुआ था। उनका अहं भूदान के रूप में तुष्ट हुआ।

अपने पुत्र की सफल बरात से प्रसन्न मायाराम के मन में उस दिन नागपुर में बड़ा मौलिक विचार जागा था। कहने लगे—बस, अब तुम लोगों की बरात में जाने की इच्छा है। हम लोगों ने कहा—अब किशोरों जैसी बचकानी बरात तो होगी नहीं। अब तो बरात ऐसी होगी कि किसी को भगाकर लाने के कारण हथकड़ी पहने हम होंगे और पीछे चलोगे तुम लोग, ज़मानत देने वाले। ऐसी बरात होगी। चाहो तो बैंड भी बजवा सकते हो।

विवाह का दृश्य बड़ा दारुण होता है। विदा के वक्त औरतों के साथ मिलकर रोने को जी करता है। लड़की के बिछुड़ने के कारण नहीं, उसके बाप की हालत देखकर लगता है, इस कौम की आधी ताकत लड़कियों की शादी करने में जा रही है। पाव ताकत छिपाने में जा रही है—शराब पीकर छिपाने में, प्रेम करके छिपाने में, घूस लेकर छिपाने में—बची हुई पाव ताकत से देश का निर्माण हो

रहा है—तो जितना हो रहा है, बहुत हो रहा है। आखिर एक चौथाई ताकत से कितना होगा?

यह बात मैंने उस दिन एक विश्वविद्यालय के छात्र-संघ के वार्षिकोत्सव में कही थी। कहा था—तुम लोग क्रांतिकारी तरुण-तरुणियां बनते हो। तुम इस देश की आधी ताकत को बचा सकते हो। ऐसा करो, जितनी लड़कियां विश्वविद्यालय में हैं, उनसे विवाह कर डालो। अपने बाप को मत बताना। वह दहेज मांगने लगेगा। इसके बाद जितने लड़के बचें, वे एक-दूसरे की बहन से शादी कर लें। ऐसा बुनियादी क्रांतिकारी काम कर डालो और फिर जिस सिगड़ी को ज़मीन पर रखकर तुम्हारी मां रोटी बनाती है, उसे टेबिल पर रख दो, जिससे तुम्हारी पत्नी सीधी खड़ी होकर रोटी बना सके। 20-22 सालों में सिगड़ी ऊपर नहीं रखी जा सकी और न झाड़ू में चार फुट का डण्डा बांधा जा सका। अब तक तुम लोगों ने क्या खाक क्रांति की है?

छात्र थोड़ा चौंके। कुछ 'ही-ही' करते भी पाए गए। मगर हुआ कुछ नहीं।

एक तरुण के साथ सालों मेहनत करके उसके ख़्यालात मैंने संवारे थे। वह शादी के मंडप में बैठा तो ससुर के बच्चे की तरह मचलकर बोला—बाबूजी, हम तो वेस्पा लेंगे। वेस्पा के बिना कौर नहीं उठाएंगे। लड़की के बाप का चेहरा फक! जी हुआ, जूता उतारकर पांच इस लड़के को मारूं और फिर 25 खुद अपने को। समस्या यों सुलझी कि लड़की के बाप ने साल-भर में वेस्पा देने का वादा किया, नेग के लिए बाज़ार से वेस्पा का खिलौना मंगाकर थाली में रखा, फिर सवा रुपया रखा और दामाद को भेंट किया। सवा रुपया तो मरते वक्त गोदान के निमित्त दिया जाता है न! हां, मेरे उस तरुण दोस्त की प्रगतिशीलता का गोदान हो रहा था।

बरात की यात्रा से मैं बहुत घबराता हूं, खासकर लौटते वक्त जब बराती बेकार बोझ हो जाता है। अगर जी भरकर दहेज न मिले, तो वर का बाप बारातियों को दुश्मन समझता है। मैं सावधानी बरतता हूं कि बरात की विदा के पहले ही कुछ बहाना करके किराया लेकर लौट पड़ता हूं।

एक बरात से वापसी मुझे याद है।

हम पांच मित्रों ने तय किया कि शाम 4 बजे की बस से चलें। पन्ना से इसी कम्पनी की बस सतना के लिए घण्टे-भर बाद मिलती है, जो जबलपुर की

ट्रेन मिला देती है। सुबह घर पहुंच जाएंगे। हममें से दो को सुबह काम पर हाज़िर होना था, इसलिए वापसी का यही रास्ता अपनाना ज़रूरी था। लोगों ने सलाह दी कि समझदार आदमी इस शाम वाली बस से सफर नहीं करते। क्या रास्ते में डाकू मिलते हैं? नहीं, बस डाकिन है।

बस को देखा तो श्रद्धा उभर पड़ी। खूब वयोवृद्ध थी। सदियों के अनुभव के निशान लिए हुए थी। लोग इसलिए इससे सफर नहीं करना चाहते थे कि वृद्धावस्था में इसे कष्ट होगा। यह बस पूजा के योग्य थी। उस पर सवार कैसे हुआ जा सकता है!

बस-कम्पनी के एक हिस्सेदार भी उसी बस से जा रहे थे। हमने उनसे पूछा—यह बस चलती भी है? वह बोले—चलती क्यों नहीं है जी! अभी चलेगी। हमने कहा—वही तो हम देखना चाहते हैं। अपने-आप चलती है यह?—हां जी और कैसे चलेगी?

गज़ब हो गया। ऐसी बस, अपने-आप चलती है!

हम आगा-पीछा करने लगे। पर डॉक्टर मित्र ने कहा—डरो मत, चलो! बस अनुभवी है। नई-नवेली बसों से ज़्यादा विश्वसनीय है। हमें बेटों की तरह प्यार से गोद में लेकर चलेगी।

हम बैठ गए। जो छोड़ने आए थे, वे इस तरह देख रहे थे, जैसे अंतिम विदा दे रहे हैं। उनकी आंखें कह रही थीं—आना-जाना तो लगा ही रहता है। आया है सो जाएगा—राजा, रंक, फकीर। आदमी को कूच करने के लिए एक निमित्त चाहिए।

इंजन सचमुच स्टार्ट हो गया। ऐसा लगा, जैसे सारी बस ही इंजन है और हम इंजन के भीतर बैठे हैं। कांच बहुत कम बचे थे। जो बचे थे, उनसे हमें बचना था। हम फौरन खिड़की से दूर सरक गए। इंजन चल रहा था। हमें लग रहा था कि हमारी सीट के नीचे इंजन है।

बस सचमुच चल पड़ी और हमें लगा कि यह गांधीजी के असहयोग और सविनय अवज्ञा आंदोलनों के वक्त अवश्य जवान रही होगी। उसे ट्रेनिंग मिल चुकी थी। हर हिस्सा दूसरे से असहयोग कर रहा था। पूरी बस सविनय अवज्ञा आंदोलन के दौर से गुज़र रही थी। सीट का बॉडी से असहयोग चल रहा था। कभी लगता, सीट बॉडी को छोड़कर आगे निकल गई है। कभी लगता कि सीट

को छोड़कर बॉडी आगे भागी जा रही है। आठ-दस मील चलने पर सारे भेदभाव मिट गए। यह समझ में नहीं आता था कि सीट पर हम बैठे हैं या सीट हम पर बैठी है।

एकाएक बस रुक गई। मालूम हुआ कि पेट्रोल की टंकी में छेद हो गया है। ड्राइवर ने बाल्टी में पेट्रोल निकाल कर उसे बगल में रखा और नली में डालकर इंजन में भेजने लगा। अब मैं उम्मीद कर रहा था कि थोड़ी देर बाद बस-कम्पनी के हिस्सेदार इंजन को निकालकर गोद में रख लेंगे और उसे नली से पेट्रोल पिलाएंगे, जैसे मां बच्चे के मुंह में दूध की शीशी लगाती है।

बस की रफ्तार अब पन्द्रह-बीस मील हो गई थी। मुझे उसके किसी हिस्से पर भरोसा नहीं था। ब्रेक फेल हो सकता है, स्टीयरिंग टूट सकता है। प्रकृति के दृश्य बहुत लुभावने थे। दोनों तरफ हरे-भरे पेड़ थे, जिन पर पक्षी बैठे थे। मैं हर पेड़ को अपना दुश्मन समझ रहा था। जो भी पेड़ आता, डर लगता कि इससे बस टकराएगी। वह निकल जाता तो दूसरे पेड़ का इंतज़ार करता। झील दिखती तो सोचता कि इसमें बस गोता लगा जाएगी।

एकाएक फिर बस रुकी। ड्राइवर ने तरह-तरह की तरकीबें कीं, पर वह चली नहीं। सविनय अवज्ञा आंदोलन शुरू हो गया था। कम्पनी के हिस्सेदार कह रहे थे—बस तो फर्स्ट क्लास है जी! ये तो इत्तफाक की बात है।

क्षीण चांदनी में वृक्षों की छाया के नीचे वह बस बड़ी दयनीय लग रही थी। लगता, जैसे कोई वृद्धा थककर बैठ गई हो। हमें ग्लानि हो रही थी कि इस बेचारी पर लदकर हम चले जा रहे हैं। अगर इसका प्राणांत हो गया तो इस बियावान में हमें इसकी अन्त्येष्टि करनी पड़ेगी।

हिस्सेदार साहब ने इंजन खोला और कुछ सुधारा। बस आगे चली। उसकी चाल कम हो गई थी।

धीरे-धीरे वृद्धा की आंखों की ज्योति जाने लगी। चांदनी में रास्ता टटोलकर वह रेंग रही थी। आगे या पीछे से कोई गाड़ी आती दिखती तो वह एकदम किनारे खड़ी हो जाती और कहती—निकल जाओ बेटी! अपनी तो वह उम्र ही नहीं रही।

एक पुलिया के ऊपर पहुंचे ही थे कि एक टायर फिस्स करके बैठ गया। बस बहुत ज़ोर से हिलकर थम गई। अगर स्पीड में होती तो उछलकर नाले में गिर जाती। मैंने उस कम्पनी के हिस्सेदार की तरफ पहली बार श्रद्धा भाव से

देखा। वह टायरों की हालत जानते हैं, फिर भी जान हथेली पर लेकर इसी बस से सफर कर रहे हैं। उत्सर्ग की ऐसी भावना दुर्लभ है। सोचा, इस आदमी के साहस और बलिदान-भावना का सही उपयोग नहीं हो रहा है। इसे तो किसी क्रांतिकारी आंदोलन का नेता होना चाहिए। अगर बस नाले में गिर पड़ती और हम सब मर जाते, तो देवता बांहें पसारे उसका इंतज़ार करते। कहते—वह महान आदमी आ रहा है जिसने एक टायर के लिए प्राण दे दिए। मर गया, पर टायर नहीं बदला।

दूसरा घिसा टायर लगाकर बस फिर चली। अब हमने वक्त पर पन्ना पहुंचने की उम्मीद छोड़ दी थी। पन्ना कभी भी पहुंचने की उम्मीद छोड़ दी थी—पन्ना, क्या, कहीं भी, कभी भी पहुंचने की उम्मीद छोड़ दी थी। लगता था ज़िन्दगी इसी बस में गुज़रनी है और सीधे उस लोक की ओर प्रयाण कर जाना है। इस पृथ्वी पर उसकी कोई मंज़िल नहीं है। हमारी बेताबी, तनाव खत्म हो गए। हम बड़े इत्मीनान से घर की तरह बैठ गए। चिन्ता जाती रही। हंसी-मज़ाक चालू हो गया।

ठंड बढ़ रही थी। खिड़कियां खुली थीं ही। डॉक्टर ने कहा— गलती हो गई। 'कुछ' पीने को ले आते तो ठीक रहता।

ठंड बढ़ रही थी। एक गांव पर बस रुकी तो डॉक्टर फौरन उतरा। ड्राइवर से बोला— ज़रा रोकना! नारियल ले आऊं। आगे मढ़िया पर फोड़ना है।

डॉक्टर झोंपड़ियों के पीछे गया और देशी शराब की बोतल ले आया। छागलों में भरकर हम लोगों ने पीना शुरू किया।

इसके बाद किसी कष्ट का अनुभव नहीं हुआ। पन्ना से पहले ही सब मुसाफिर उतर चुके थे। बस-कम्पनी के हिस्सेदार शहर के बाहर ही अपने घर पर उतर गए। बस शहर में अपने ठिकाने पर रुकी। कम्पनी के दो मालिक रज़ाइयों में दुबके बैठे थे। रात का एक बजा था। हम पांचों उतरे। मैं सड़क के किनारे खड़ा रहा। डॉक्टर भी मेरे पास खड़ा होकर बोतल से अन्तिम घूंट लेने लगा। बाकी तीन मित्र बस-मालिकों पर झपटे। उनकी गर्म डांट हम सुन रहे थे। पर वे निराश लौटे। बस-मालिकों ने कह दिया था—सतना की बस तो चार-पांच घण्टे पहले जा चुकी। अब लौटती होगी। अब तो बस सवेरे ही मिलेगी।

आसपास देखा, सारी दुकानें-होटलें बन्द। ठण्ड कड़ाके की। भूख भी खूब

लग रही थी। तभी डॉक्टर बस-मालिकों के पास गया। पांचेक मिनट में उनके साथ लौटा तो बदला हुआ था। बड़े अदब से मुझसे कहने लगा—सर, नाराज़ मत होइए। सरदारजी कुछ इंतज़ाम करेंगे। सर, ...सर! उन्हें अफसोस है कि आपको तकलीफ हुई।

अभी डॉक्टर बेतकल्लुफी से बातें कर रहा था और मुझे 'सर' कह रहा है। क्या बात है? कहीं ठर्रा ज़्यादा असर तो नहीं कर गया! मैंने कहा—यह तुमने क्या 'सर-सर' लगा रखी है?

उसने फिर वैसे ही झुककर कहा—सर, नाराज़ मत होइए। सर, कुछ इंतज़ाम। हुआ जाता है।

मुझे तब भी कुछ समझ में नहीं आया। डॉक्टर भी परेशान था कि मैं समझ क्यों नहीं पा रहा हूं। वह मुझे अलग ले गया और समझाया—मैंने इन लोगों से कहा है कि तुम संसद सदस्य हो। इधर जांच करने आए हो। मैं एक क्लर्क हूं, जिसे साहब ने एम. पी. को सतना पहुंचाने के लिए भेजा है। मैंने कहा कि सरदारजी, मुझ गरीब की तो गर्दन कटेगी ही, आपकी भी लेवा-देई हो जायेगी। वह स्पेशल बस से सतना भेजने का इंतज़ाम कर देगा। ज़रा थोड़ा एम. पी. पन तो दिखाओ। उल्लू की तरह क्यों पेश आ रहे हो?

मैं समझ गया कि मेरी काली शेरवानी काम आ गई। यह काली शेरवानी और ये बड़े बाल मुझे कोई रूप देते हैं। नेता भी दिखता हूं, शायर भी और अगर सूखे-बिखरे बाल हों तो जुम्मन शहनाई वाले का भी धोखा हो जाता है।

मैंने मिथ्याचार का आत्मबल बटोरा और लौटा, तो ठीक संसद-सदस्य की तरह। आते ही सरदारजी से रोब से पूछा—सरदारजी, आर. टी. ओ. से कब तक इस बस को चलाने का सौदा हो गया है?

सरदारजी घबरा उठे। डॉक्टर खुश कि मैंने फर्स्ट-क्लास रोल किया है।

रोबदार संसद-सदस्य का एक वाक्य काफी है, यह सोचकर मैं दूर खड़े होकर सिगरेट पीने लगा। सरदारजी ने वहीं मेरे लिए कुर्सी बुलवा दी। वह डरा हुआ था और डरा हुआ मैं भी था। मेरा डर यह था कि कहीं पूछताछ होने लगी कि मैं कौन संसद-सदस्य हूं तो क्या कहूंगा! याद आया कि अपने मित्र महेशदत्त मिश्र का नाम धारण कर लूंगा। गांधीवादी होने के नाते वह थोड़ा झूठ बोलकर मुझे बचा ही लेंगे।

अब मेरा आत्मविश्वास बहुत बढ़ गया। झूठ अगर जम जाए तो सत्य से ज़्यादा अभय देता है।

मैं वहीं बैठे-बैठे डॉक्टर से चीखकर बोला—बाबू, यहां क्या कयामत तक बैठे रहना पड़ेगा? इधर कहीं फोन हो तो ज़रा कलेक्टर को इत्तला कर दो। वह गाड़ी का इंतज़ाम कर देंगे।

डॉक्टर वहीं से बोला—सर, बस एक मिनट! जस्ट ऐ मिनट, सर!

थोड़ी देर बाद सरदारजी ने एक नई बस निकलवाई। मुझे सादर बैठाया। बस चल पड़ी।

मुझे एम. पी. पन काफी भारी पड़ रहा था। मैं दोस्तों के बीच अजनबी की तरह अकड़ा बैठा था। डॉक्टर बार बार 'सर' कहता रहा और बस का मालिक 'हुजूर'।

सतना में जब रेलवे के मुसाफिरखाने में पहुंचे तब डॉक्टर ने कहा—अब तीन घण्टे लगातार तुम मुझे 'सर' कहो। मेरी बहुत तौहीन हो चुकी है।

इंस्पेक्टर मातादीन चांद पर

वैज्ञानिक कहते हैं, चांद पर जीवन नहीं है।

सीनियर पुलिस इंस्पेक्टर मातादीन (डिपार्टमेंट में एम. डी. साहब) कहते हैं—वैज्ञानिक झूठ बोलते हैं, वहां हमारे जैसे ही मनुष्यों की आबादी है।

विज्ञान ने हमेशा इंस्पेक्टर मातादीन से मात खाई है। फिंगर प्रिंट-विशेषज्ञ कहता रहता है—छुरे पर पाए गए निशान मुलज़िम की अंगुलियों के नहीं हैं। पर मातादीन उसे सज़ा दिला ही देते हैं।

मातादीन कहते हैं, ये वैज्ञानिक केस का पूरा इनवेस्टिगेशन नहीं करते। उन्होंने चांद का उजला हिस्सा देखा और कह दिया, वहाँ जीवन नहीं है। मैं चांद का अंधेरा हिस्सा देखकर आया हूं। वहां मनुष्य जाति है।

यह बात सही है क्योंकि अंधेरे-पक्ष के मातादीन माहिर माने जाते हैं।

पूछा जाएगा, इंस्पेक्टर मातादीन चांद पर क्यों गए थे? टूरिस्ट की हैसियत से या किसी फरार अपराधी को पकड़ने? नहीं, वे भारत की तरफ से सांस्कृतिक आदान-प्रदान के अंतर्गत गए थे। चांद सरकार ने भारत सरकार को लिखा था—यों हमारी सभ्यता बहुत आगे बढ़ी है पर हमारी पुलिस में पर्याप्त सक्षमता नहीं है। वह अपराधी का पता लगाने और उसे सज़ा दिलाने में अक्सर सफल नहीं होती। सुना है, आपके यहां रामराज है। मेहरबानी करके किसी पुलिस अफसर को भेजें जो हमारी पुलिस को शिक्षित कर दे।

गृहमंत्री ने सचिव से कहा--किसी आई. जी. को भेज दो।

सचिव ने कहा—नहीं सर, आई. जी. नहीं भेजा जा सकता। प्रोटोकॉल का सवाल है। चांद हमारा एक क्षुद्र उपग्रह है। आई. जी. के रैंक के आदमी नहीं

भेजेंगे। किसी सीनियर इंसपेक्टर को भेज देता हूं।

तय किया गया कि हज़ारों मामलों के इन्वेस्टिगेटिंग ऑफिसर सीनियर इंस्पेक्टर मातादीन को भेज दिया जाए।

चांद की सरकार को लिख दिया गया कि आप मातादीन को लेने के लिए पृथ्वी-यान भेज दीजिए।

पुलिस मंत्री ने मातादीन को बुलाकर कहा—तुम भारतीय पुलिस की उज्ज्वल परम्परा के दूत की हैसियत से जा रहे हो। ऐसा काम करना कि सारे अंतरिक्ष में डिपार्टमेंट की ऐसी जय-जयकार हो कि पी. एम़. (प्रधानमंत्री) को भी सुनाई पड़ जाए।

मातादीन की यात्रा का दिन आ गया। एक यान अंतरिक्ष अड्डे पर उतरा। मातादीन सबसे विदा लेकर यान की तरफ बढ़े। वे धीरे-धीरे कहते जा रहे थे, 'प्रबिसि नगर कीजै सब काजा, हृदय राखि कौसलपुर राजा।'

यान के पास पहुंचकर मातादीन ने मुंशी अब्दुल गफूर को पुकारा—'मुंशी'!

गफूर ने एड़ी मिलाकर सेल्यूट फटकारा। बोला—जी, पेक्टसा!

एफ. आई. आर. रख दी है?

जी पेक्टसा।

और रोंज़नामचे का नमूना?

जी पेक्टसा!

वे यान में बैठने लगे। हवलदार बलभद्दर को बुलाकर कहा—हमारे घर में जचकी के बखत अपने खटला (पत्नी) को मदद के लिए भेज देना।

बलभद्दर ने कहा—जी पेक्टसा!

गफूर ने कहा—आप बेफिक्र रहें पेक्टसा! मैं अपने मकान (पत्नी) को भी भेज दूंगा खिदमत के लिए।

मातादीन ने यान के चालक से पूछा—ड्राइविंग लाइसेंस है?

जी है साहब!

और गाड़ी में बत्ती ठीक है?

जी ठीक है।

मातादीन ने कहा, सब ठीक-ठाक होना चाहिए, वरना हरामज़ादे का बीच अंतरिक्ष में चालान कर दूंगा।

चंद्रमा से आए चालक ने कहा—हमारे यहां आदमी से इस तरह नहीं बोलते।

मातादीन ने कहा—जानता हूं बे! तुम्हारी पुलिस कमज़ोर है। अभी मैं उसे ठीक करता हूं।

मातादीन यान में कदम रख ही रहे थे कि हवलदार रामसजीवन भागता हुआ आया। बोला—पेक्टसा, एस. पी. साहब के घर में से कहे हैं कि चांद से एड़ी चमकाने का पत्थर लेते आ़ना।

मातादीन खुश हुए। बोले— कह देना बाई साब से, ज़रूर लेता जाऊंगा।

वे यान में बैठे और यान उड़ चला। पृथ्वी के वायुमंडल से यान बाहर निकला ही था कि मातादीन ने चालक से कहा—अबे, हॉर्न क्यों नहीं बजाता?

चालक ने जवाब दिया—आसपास लाखों मील में कुछ नहीं है।

मातादीन ने डांटा—मगर रूल इज़ रूल। हॉर्न बजाता चल।

चालक अंतरिक्ष में हार्न बजाता हुआ यान को चांद पर उतार लाया। अंतरिक्ष अड्डे पर पुलिस अधिकारी मातादीन के स्वागत के लिए खड़े थे। मातादीन रोब से उतरे और उन अफसरों के कंधों पर नज़र डाली। वहां किसी के स्टार नहीं थे। फीते भी किसी के नहीं लगे थे। लिहाज़ा मातादीन ने एड़ी मिलाना और हाथ उठाना ज़रूरी नहीं समझा। फिर उन्होंने सोचा, मैं यहाँ इंस्पेक्टर की हैसियत से नहीं सलाहकार की हैसियत से आया हूं।

मातादीन को वे लोग लाइन में ले गए और एक अच्छे बंगले में उन्हें टिका दिया।

एक दिन आराम करने के बाद मातादीन ने काम शुरू कर दिया। पहले उन्होंने पुलिस लाइन का मुलाहज़ा किया।

शाम को उन्होंने आई. जी. से कहा—आपके यहां पुलिस लाइन में हनुमानजी का मंदिर नहीं है। हमारे रामराज में पुलिस लाइन में हनुमानजी हैं।

आई. जी. ने कहा—हनुमान कौन थे—हम नहीं जानते।

मातादीन ने कहा—हनुमान का दर्शन हर कर्त्तव्यपरायण पुलिस वाले के लिए ज़रूरी है। हनुमान सुग्रीव के यहां स्पेशल ब्रांच में थे। उन्होंने सीता माता का पता लगाया था। 'एब्डक्शन' का मामला था—दफा 362। हनुमानजी ने रावण को सज़ा वहीं दे दी। उसकी प्रॉपर्टी में आग लगा दी। पुलिस को यह अधिकार होना चाहिए कि अपराधी को पकड़ा और वहीं सज़ा दे दी। अदालत में जाने का झंझट नहीं। मगर यह सिस्टम अभी हमारे रामराज में भी चालू नहीं हुआ। हनुमानजी के काम से भगवान रामचंद्र बहुत खुश हुए। वे उन्हें अयोध्या ले आए और 'टौन ड्यूटी' में तैनात कर दिया। वही हनुमान हमारे आराध्य देव हैं। मैं उनकी फोटो लेता आया हूं। उस पर से मूर्तियां बनवाइए और हर पुलिस लाइन में स्थापित करवाइए।

थोड़े ही दिनों में चांद की हर पुलिस लाइन में हनुमानजी स्थापित हो गए।

मातादीन उन कारणों का अध्ययन कर रहे थे जिनसे पुलिस लापरवाह और अलाल हो गई है। वह अपराधों पर ध्यान नहीं देती। कोई कारण नहीं मिल रहा था। एकाएक उनकी बुद्धि में एक चमक आई। उन्होंने मुंशी से कहा—ज़रा तनखा का रजिस्टर बताओ।

तनखा का रजिस्टर देखा, तो सब समझ गए। कारण पकड़ में आ गया।

शाम को उन्होंने पुलिस मंत्री से कहा—मैं समझ गया कि आपकी पुलिस मुस्तैद क्यों नहीं है। आप इतनी बड़ी तनख्वाहें देते हैं, इसीलिए। सिपाही को पांच सौ, हवलदार को सात सौ, थानेदार को हज़ार—ये क्या मज़ाक है। आखिर पुलिस अपराधी को क्यों पकड़े? हमारे यहां तो सिपाही को सौ और इंस्पेक्टर को दो सौ देते हैं तो चौबीस घंटे जुर्म की तलाश करते हैं। आप तनख्वाहें फौरन घटाइए।

पुलिस मंत्री ने कहा—मगर यह तो अन्याय होगा। अच्छा वेतन नहीं मिलेगा तो वे काम ही क्यों करेंगे?

मातादीन ने कहा—इसमें कोई अन्याय नहीं है। आप देखेंगे कि पहले घटी हुई तनखा मिलते ही आपकी पुलिस की मनोवृत्ति में क्रांतिकारी परिवर्तन हो जाएगा।

पुलिस मंत्री ने तनख्वाहें घटा दीं और 2-3 महीनों में सचमुच बहुत फर्क आ गया। पुलिस एकदम मुस्तैद हो गई। सोते से एकदम जाग गई। चारों तरफ नज़र रखने लगी। अपराधियों की दुनिया में घबड़ाहट छा गई। पुलिस मंत्री ने

तमाम थानों के रिकार्ड बुलवाकर देखे। पहले से कई गुने अधिक केस रजिस्टर हुए थे। उन्होंनें मातादीन से कहा—मैं आपकी सूझ की तारीफ करता हूं। आपने क्रांति कर दी। पर यह हुआ किस तरह?

मातादीन ने समझाया—बात बहुत मामूली है। कम तनखा दोगे, तो मुलाज़िम की गुज़र नहीं होगी। सौ रुपयों में सिपाही बच्चों को नहीं पाल सकता। दो सौ में इंस्पेक्टर ठाट-बाट नहीं मेनटेन कर सकता। उसे ऊपरी आमदनी करनी ही पड़ेगी। और ऊपरी आमदनी तभी होगी जब वह अपराधी को पकड़ेगा। गरज़ कि वह अपराधों पर नज़र रखेगा। सचेत, कर्त्तव्यपरायण और मुस्तैद हो जाएगा। हमारे रामराज के स्वच्छ और सक्षम प्रशासन का यही रहस्य है।

चंद्रलोक में इस चमत्कार की खबर फैल गई। लोग मातादीन को देखने आने लगे कि वह आदमी कैसा है जो तनखा कम करके सक्षमता ला देता है। पुलिस के लोग भी खुश थे। वे कहते—गुरु, आप इधर न पधारते तो हम सभी कोरी तनखा से ही गुज़र करते रहते। सरकार भी खुश थी कि मुनाफे का बजट बनने वाला था।

आधी समस्या हल हो गई। पुलिस अपराधी पकड़ने लगी थी। अब मामले की जांच-विधि में सुधार करना रह गया था—अपराधी को पकड़ने के बाद उसे सज़ा दिलाना। मातादीन इंतज़ार कर रहे थे कि कोई बड़ा केस हो जाए तो नमूने के तौर पर उसका इन्वेस्टिगेशन कर बताएं।

एक दिन आपसी मारपीट में एक आदमी मारा गया। मातादीन कोतवाली में आकर बैठ गए और बोले—नमूने के लिए इस केस का 'इन्वेस्टिगेशन' मैं करता हूं। आप लोग सीखिए। यह कत्ल का केस है। कत्ल के केस में 'एविडेंस' बहुत पक्का होना चाहिए।

कोतवाल ने कहा—पहले कातिल का पता लगाया जाएगा, तभी तो एविडेंस इकट्ठा किया जाएगा।

मातादीन ने कहा—नहीं, उलटे मत चलो। पहले एविडेंस देखो। क्या कहीं खून मिला? किसी के कपड़ों पर या और कहीं?

एक इंस्पेक्टर ने कहा—हाँ, मारनेवाले तो भाग गए थे। मृतक सड़क पर बेहोश पड़ा था। एक भला आदमी वहाँ रहता है। उसने उठाकर अस्पताल भेजा। उस भले आदमी के कपड़ों पर खून के दाग लग गए हैं।

मातादीन ने कहा– उसे फौरन गिरफ्तार करो।

कोतवाल ने कहा–मगर उसने तो मरते हुए आदमी की मदद की थी।

मातादीन ने कहा–वह सब ठीक है। पर तुम खून के दाग ढूंढ़ने और कहां जाओगे? जो एविडेंस मिल रहा है, उसे तो कब्ज़े में करो।

वह भला आदमी पकड़कर बुलवा लिया गया। उसने कहा–मैंने तो मरते आदमी को अस्पताल भिजवाया था। मेरा क्या कसूर है?

चांद की पुलिस उसकी बात से एकदम प्रभावित हुई। मातादीन प्रभावित नहीं हुए। सारा पुलिस महकमा उत्सुक था कि अब मातादीन क्या तर्क निकालते हैं।

मातादीन ने उससे कहा–पर तुम झगड़े की जगह गए क्यों?

उसने जवाब दिया–मैं झगड़े की जगह नहीं गया। मेरा वहां मकान है। झगड़ा मेरे मकान के सामने हुआ।

अब फिर मातादीन की प्रतिभा की परीक्षा थी। सारा महकमा उत्सुक देख रहा था।

मातादीन ने कहा–मकान है तो ठीक है। पर मैं पूछता हूं, झगड़े की जगह जाना ही क्यों?

इस तर्क का कोई जवाब नहीं था। वह बार-बार कहता–मैं झगड़े की जगह नहीं गया, मेरा वहीं मकान है।

मातादीन उसे जवाब देते–सो ठीक है, पर झगड़े की जगह जाना ही क्यों? इस तर्क प्रणाली से पुलिस के लोग बहुत प्रभावित हुए।

अब मातादीनजी ने इन्वेस्टिगेशन का सिद्धांत समझाया–देखो, आदमी मारा गया है, तो यह पक्का हैं कि किसी ने उसे ज़रूर मारा। कोई कातिल है। किसी को सजा होनी है। सवाल है–किसको सजा होनी है? पुलिस के लिए यह सवाल इतना महत्त्व नहीं रखता जितना यह सवाल, कि जुर्म किस पर साबित हो सकता है या किस पर साबित होना चाहिए। कत्ल हुआ है। तो किसी मनुष्य को सज़ा होगी ही। मारने वाले को होती है, या बेकसूर को–यह अपने सोचने की बात नहीं है। मनुष्य-मनुष्य सब बराबर हैं। सब में उसी परमात्मा का अंश है। हम भेदभाव नहीं करते। यह पुलिस का मानवतावाद है।

दूसरा सवाल है, किस पर जुर्म साबित होना चाहिए। इसका निर्णय इन बातों से होगा—(1) क्या वह आदमी पुलिस के रास्ते में आता है? (2) या उसको सज़ा दिलाने से ऊपर के लोग खुश होंगे?

मातादीन को बताया गया कि वह आदमी भला है, पर पुलिस अन्याय करे तो विरोध करता है। जहां तक ऊपर के लोगों का सवाल है—वह वर्तमान सरकार की विरोधी राजनीति वाला है।

मातादीन ने टेबिल ठोंककर कहा—फर्स्ट क्लास केस! पक्का एविडेंस और ऊपर का सपोर्ट।

एक इंस्पेक्टर ने कहा—पर हमारे गले यह बात नहीं उतरती कि एक निरपराध-भले आदमी को सज़ा दिलाई जाए।

मातादीन ने समझाया—देखो, मैं समझा चुका हूं कि सब में उसी ईश्वर का अंश है। सज़ा इसे हो या कातिल को, फांसी पर तो ईश्वर ही चढ़ेगा न! फिर तुम्हें कपड़ों पर खून मिल रहा है। इसे छोड़कर तुम कहां खून ढूंढ़ते फिरोगे? तुम तो भरो एफ. आई. आर.।

मातादीन ने एफ. आई. आर. भरवा दी। 'बखत ज़रूरत के लिए' जगह खाली छुड़वा दी।

दूसरे दिन पुलिस कोतवाल ने कहा—गुरुदेव, हमारी तो बड़ी आफत है। तमाम भले आदमी आते हैं और कहते हैं, उस बेचारे बेकसूर को क्यों फंसा रहे हो? ऐसा तो चंद्रलोक में कभी नहीं हुआ! बताइए, हम क्या जवाब दें? हम तो बहुत शर्मिंदा हैं।

मातादीन ने कोतवाल से कहा—घबड़ाओ मत। शुरू-शुरू में इस काम में आदमी को शर्म आती है। आगे तुम्हें बेकसूर को छोड़ने में शर्म आएगी। हर चीज़ का जवाब है। अब आपके पास जो आए उससे कह दो, हम जानते हैं वह निर्दोष है, पर हम क्या करें? यह सब ऊपर से हो रहा है।

कोतवाल ने कहा—तब वे एस. पी. के पास जाएंगे।

मातादीन बोले—एस. पी. भी कह दें कि ऊपर से हो रहा है।

तब वे आई.जी. के पास शिकायत करेंगे।

आई. जी. भी कहें कि सब ऊपर से हो रहा है।

तब वे लोग पुलिस मंत्री के पास पहुँचेंगे।

पुलिस मंत्री भी कहेंगे—भैया, मैं क्या करूँ। यह ऊपर से हो रहा है। तो वे प्रधानमंत्री के पास जाएंगे।

प्रधानमंत्री भी कहें कि मैं जानता हूँ, वह निर्दोष है, पर यह ऊपर से हो रहा है।

कोतवाल ने कहा—तब वे...

मातादीन ने कहा—तब क्या? तब वे किसके पास जाएँगे? भगवान के पास न? मगर भगवान से पूछकर कौन लौट सका है?

कोतवाल चुप रह गया। वह इस महान प्रतिभा से चमत्कृत था।

मातादीन ने कहा—एक मुहावरा 'ऊपर से हो रहा है' हमारे देश में पच्चीस सालों से सरकारों को बचा रहा है। तुम इसे सीख लो।

केस की तैयारी होने लगी। मातादीन ने कहा—अब 4-6 चश्मदीद गवाह लाओ।

कोतवाल—चश्मदीद गवाह कैसे मिलेंगे? जब किसी ने उसे मारते देखा ही नहीं, तो चश्मदीद गवाह कोई कैसे होगा?

मातादीन ने सिर ठोंक लिया, किन बेवकूफों के बीच फंसा दिया गवर्नमेंट ने। इन्हें तो ए.बी.सी.डी. भी नहीं आती।

झल्लाकर कहा—चश्मदीद गवाह किसे कहते हैं, जानते हो? चश्मदीद गवाह वह नहीं है जो देखे—बल्कि वह है जो कहे कि मैंने देखा।

कोतवाल ने कहा—ऐसा कोई क्यों कहेगा?

मातादीन ने कहा—कहेगा। समझ में नहीं आता, कैसे डिपार्टमेंट चलाते हो! अरे, चश्मदीद गवाहों की लिस्ट पुलिस के पास पहले से रहती है। जहां ज़रूरत हुई, उन्हें चश्मदीद बना दिया। हमारे यहां ऐसे आदमी हैं, जो साल में 3-4 सौ वारदातों के चश्मदीद गवाह होते हैं। हमारी अदालतें भी मान लेती हैं कि इस आदमी में कोई दैवी शक्ति है जिससे जान लेता है कि अमुक जगह वारदात होने वाली है और वहां पहले से पहुंच जाता है। मैं तुम्हें चश्मदीद गवाह बनाकर देता हूं। 8-10 उठाईगीरों को बुलाओ जो चोरी, मारपीट, गुंडागर्दी करते हों। जुआ खिलाते हों या शराब उतारते हों।

दूसरे दिन शहर के 8-10 नवरत्न कोतवाली में हाज़िर थे। उन्हें देखकर मातादीन गद्‌गद हो गए। बहुत दिन हो गए थे ऐसे लोगों को देखे। बड़ा सूना-सूना लग रहा था।

मातादीन का प्रेम उमड़ पड़ा। उनसे कहा—तुम लोगों ने उस आदमी को लाठी से मारते देखा था न?

वे बोले—नहीं देखा साब! हम वहां थे ही नहीं।

मातादीन जानते थे, यह पहला मौका है। फिर उन्होंने कहा—वहां नहीं थे, यह मैंने माना। पर लाठी मारते देखा तो था?

उन लोगों को यह लगा कि यह पागल आदमी है। तभी ऐसी ऊटपटांग बात कहता है। वे हँसने लगे।

मातादीन ने कहा—हँसो मत, जवाब दो।

वे बोले—जब थे ही नहीं, तो कैसे देखा?

मातादीन ने गुर्राकर देखा। कहा—कैसे देखा, सो बताता हूं। तुम लोग जो काम करते हो—इधर दर्ज है। हर एक को कम-से-कम दस साल जेल में डाला जा सकता है। तुम ये काम आगे भी करना चाहते हो या जेल जाना चाहते हो?

वे घबड़ाकर बोले—साब, हम जेल नहीं जाना चाहते।

मातादीन ने कहा—ठीक। तो तुमने उस आदमी को लाठी मारते देखा। देखा न?

वे बोले—देखा साब। वह आदमी घर से निकला और जो लाठी मारना शुरू किया, तो वह बेचारा बेहोश होकर सड़क पर गिर पड़ा।

मातादीन ने कहा—ठीक है। आगे भी ऐसी वारदातें देखोगे?

वे बोले—साब, जो आप कहेंगे, सो देखेंगे।

कोतवाल इस चमत्कार से थोड़ी देर तो बेहोश हो गया। होश आया तो मातादीन के चरणों पर गिर पड़ा।

मातादीन ने कहा—हटो। काम करने दो।

कोतवाल पांवों से लिपट गया। कहने लगा—मैं जीवन-भर इन श्री चरणों में पड़ा रहना चाहता हूं।

मातादीन ने आगे की सारी कार्य-प्रणाली तय कर दी। एफ.आई.आर. बदलना, बीच में पन्ने डालना, रोज़नामचा बदलना, गवाहों को तोड़ना—सब सिखा दिया।

उस आदमी को 20 साल की सज़ा हो गई।

चांद की पुलिस शिक्षित हो चुकी थी। धड़ाधड़ केस बनने लगे और सज़ा होने लगी। चांद की सरकार बहुत खुश थी। पुलिस की ऐसी मुस्तैदी भारत सरकार के सहयोग का नतीजा थी। चांद की संसद ने एक धन्यवाद का प्रस्ताव पास किया।

एक दिन मातादीन जी का सार्वजनिक अभिनंदन किया गया। वे फूलों से लदे खुली जीप पर बैठे थे। आस-पास जय-जयकार करते हज़ारों लोग। वे हाथ जोड़कर अपने गृहमंत्री की स्टाइल में जवाब दे रहे थे।

ज़िन्दगी में पहली बार ऐसा कर रहे थे, इसलिए थोड़ा अटपटा लग रहा था। 26 साल पहले पुलिस में भरती होते वक्त किसने सोचा था कि एक दिन दूसरे लोक में उनका ऐसा अभिनन्दन होगा। वे पछताए—अच्छा होता कि इस मौके के लिए कुरता, टोपी और धोती ले आते।

भारत के पुलिस मंत्री टेलीविज़न पर बैठे यह दृश्य देख रहे थे और सोच रहे थे—मेरी सद्भावना-यात्रा के लिए वातावरण बन गया।

कुछ महीने निकल गए।

एक दिन चांद की संसद का विशेष अधिवेशन बुलाया गया। बहुत तूफान खड़ा हुआ। गुप्त अधिवेशन था, इसलिए रिपोर्ट प्रकाशित नहीं हुई, पर संसद की दीवारों से टकराकर कुछ शब्द बाहर आए।

सदस्य गुस्से से चिल्ला रहे थे—

कोई बीमार बाप का इलाज नहीं करता।

डूबते बच्चों को कोई नहीं बचाता।

जलते मकान की आग कोई नहीं बुझाता।

आदमी जानवर से बदतर हो गया। सरकार फौरन इस्तीफा दे।

दूसरे दिन चांद के प्रधानमंत्री ने मातादीन को बुलाया। मातादीन ने देखा—वे एकदम बूढ़े हो गए थे। लगा, ये कई रातें सोए नहीं हैं।

रुआंसे होकर प्रधानमंत्री ने कहा–मातादीन, हम आपके और भारत सरकार के बहुत आभारी हैं। अब आप कल देश वापस लौट जाइए।

मातादीन ने कहा–मैं तो 'टर्म' खत्म करके ही जाऊंगा।

प्रधानमंत्री ने कहा–आप बाकी 'टर्म' का वेतन ले जाइए--डबल ले जाइए, तिबल ले जाइए।

मातादीन ने कहा--हमारा सिद्धांत है : हमें पैसा नहीं काम प्यारा है।

आखिर चांद के प्रधानमंत्री ने भारत के प्रधानमंत्री को एक गुप्त पत्र लिखा।

चौथे दिन मातादीन को वापस लौटने के लिए अपने आई. जी. का ऑर्डर मिल गया।

उन्होंने एस. पी. साहब के घर के लिए एड़ी चमकाने का पत्थर यान में रखा और चांद से विदा हो गए।

उन्हें जाते देख पुलिस वाले रो पड़े।

बहुत अरसे तक यह रहस्य बना रहा कि आखिर चांद में ऐसा क्या हो गया कि मातादीन को इस तरह एकदम लौटना पड़ा! चांद के प्रधानमंत्री ने भारत के प्रधानमंत्री को क्या लिखा था?

एक दिन वह पत्र खुल ही गया। उसमें लिखा था–

इंस्पेक्टर मातादीन की सेवाएं हमें प्रदान करने के लिए अनेक धन्यवाद। पर अब आप उन्हें फौरन बुला लें। हम भारत को मित्रदेश समझते थे, पर आपने हमारे साथ शत्रुवत व्यवहार किया है। हम भोले लोगों से आपने विश्वासघात किया है।

आपके मातादीन ने हमारी पुलिस को जैसा कर दिया है, उसके नतीजे ये हुए हैं:

कोई आदमी किसी मरते हुए आदमी के पास नहीं जाता, इस डर से कि वह कत्ल के मामले में फंसा दिया जाएगा। बेटा बीमार बाप की सेवा नहीं करता। वह डरता है, बाप मर गया तो उस पर कहीं हत्या का आरोप नहीं लगा दिया जाए। घर जलते रहते हैं और कोई बुझाने नहीं जाता–डरता है कि कहीं उसपर आग लगाने का जुर्म कायम न कर दिया जाए। बच्चे नदी में डूबते रहते हैं और

कोई उन्हें नहीं बचाता, इस डर से कि उस पर बच्चों को डुबाने का आरोप न लग जाए। सारे मानवीय संबंध समाप्त हो रहे हैं। मातादीनजी ने हमारी आधी-सी संस्कृति नष्ट कर दी है। अगर वे यहां रहे तो पूरी संस्कृति नष्ट कर देंगे। उन्हें फौरन रामराज में बुला लिया जाए।

असुविधाभोगी

साहित्यजीवी की आमदनी जब 1500 रु. महीना हुई तो उसने पहली बार एक लेख में लिखा—इस देश के लेखक सुविधाभोगी हो गए हैं। वे अपने समाज की समस्याओं से कटे रहते हैं।

साहित्यजीवी जब परीक्षाजीवी, पेपरजीवी और कमेटीजीवी भी हो गया और आमदनी 2500 रु. पर पहुंच गई, तब वह साल में चार बार कहने लगा—इस देश के लेखक सुविधाभोगी हो गए हैं।

जब वह पाठ्य-पुस्तकजीवी, पुरस्कारजीवी और सम्पादकजीवी भी हो गया और आमदनी 4 हज़ार पर पहुँच गई, तब हर महीने कहने लगा—इस देश के लेखक सुविधाभोगी हो गए हैं। वे समाज की समस्याओं से कटे हुए हैं।

मुझ जैसे छोटे लेखक को लगता है कि वे बार-बार मुझे धिक्कार रहे हैं। मैं अपने को भी धिक्कारने लगा। धिक्कारते-धिक्कारते जब परेशान हो गया, तो सोचा, उन्हीं के पास जाऊं और अपने पाप स्वीकार लूं।

गर्मी की एक दोपहर में उनके बंगले पर पहुंचा। फाटक पर उनके कुत्ते ने मुझे धिक्कारा। उससे क्षमा मांगकर भीतर पहुंचा।

वे सोफे पर फैले हुए थे। पान चबा रहे थे। मैं बैठ गया।

मेरी तरफ गर्दन घुमाने के लिए उन्हें पांच मिनट कोशिश करनी पड़ी। गर्दन घूम गई, तब उन्होंने कहा—इतनी गर्मी में चले आ रहे हो। काहे से आए? मैंने कहा—साइकिल से।

उन्होंने उसांस ली। बोले—बड़े भाग्यवान हो। आज का लेखक बड़ा सुविधाभोगी हो गया है।

थोड़ी देर बाद उन्होंने कहा—ज़रा मेरा पीकदान उठाओ।

मैंने पीकदान उठाया। वे पीक थूकने ही वाले थे कि मैंने कहा—रुकिए। आपको थूकने में मेहनत करनी पड़ेगी। ऐसा करिए—अपना पीक मेरे मुंह में डाल दीजिए। मैं अपनी तरफ से थूक दूंगा।

उन्होंने पीक मेरे मुंह में भर दिया और मैंने उसे पीकदान में थूक दिया।

वे बोले— कुछ ख़्याल मत करना। मुझे पड़े रहने की तनख्वाह मिलती है। अगर उठूँगा तो रिपोर्ट हो जाएगी और पैसा कट जाएगा।

दोपहर जब चढ़ी, तो वे बोले—तुम यहीं बैठो। गर्मी बढ़ गई है। मैं दो घंटे फ्रिज में लेटूंगा।

उन्होंने बड़ा-सा फ्रिज खोला। उसमें उनका बिस्तर लगा हुआ था। वे बिस्तर पर लेट गए। मैं बैठा रहा।

दो घंटे बाद वे फ्रिज से निकले। बोले—हां, अब हाल-चाल सुनाओ।

मैंने कहा—कुछ सुनाऊंगा तो आपके कानों को तकलीफ होगी।

उन्होंने कहा—हम थोड़ी तकलीफ उठाने की भी इच्छा रखते हैं। दिन-भर में अगर ज़रा-सी भी तकलीफ नहीं हुई, तो जीवन नीरस मालूम होता है। मैं सिर्फ एक कान को तकलीफ दूंगा।

उन्होंने एक कान बंद कर लिया।

मैंने कहा—हाल तो खराब हैं। अभी मैं बलिया की तरफ गया था। भयंकर अकाल पड़ा है। लोग सड़कों के किनारे मरे पड़े हैं। खिलानेवाला तो कोई था नहीं, लाश को उठानेवाला भी कोई नहीं है। आप जैसे बड़े आदमी एक सख्त वक्तव्य दे दें तो सरकार कुछ चेते।

उन्होंने कहा—मुझे तुम इस मामले में मत डालो। मगर जो तुमने अकाल के बारे में कहा है, वह फिर से कहो। वह बहुत प्रभावशाली है।

ऐसा कहकर उन्होंने टेप रिकॉर्डर चालू कर दिया। मैंने अकाल की दुर्दशा का वर्णन खत्म किया ही था कि वे खिलखिला कर हँस पड़े। बोले—इस रिकॉर्ड को दरख्वास्त के साथ भेज दूंगा, तो चेक आ जाएगा। तुम बहुत अच्छी बातें करते हो। कुछ तो सुनाओ।

उन्होंने रिकॉर्ड चालू कर दिया। मैंने कहा—आंध्र में भुखमरी से त्रस्त एक मां ने अपने चार बच्चों को अपने हाथ से मार डाला और फिर खुद मर गई। कैसे त्रास में जी रहा है इस देश का आदमी!

वे फिर ज़ोर से हँस पड़े। बोले—इस रिकॉर्ड को भी भेज दूंगा और पैसे आ जाएंगे। कैसी है मेरी हँसी?

मैंने कहा—बहुत बढ़िया। अंतरात्मा के अतिशय से उल्लास निकली हुई हँसी है।

वे बोले—बहुत अभ्यास करना पड़ा है। जब मेरी तनख्वाह 1500 रु. हुई तभी से इसका अभ्यास कर रहा हूं। पिछली बार वाराणसी में छात्रों पर गोली दागने के समाचार पर मैंने जो हँसी की टिप्पणी दी थी, वह सर्वश्रेष्ठ मानी गई थी और मुझे बहुत रुपये मिले थे।

मैंने पूछा—इस तरह की हँसी से आपको रुपये क्यों मिल जाते हैं? इससे किसका लाभ होता है? कौन रुपये देता है?

उन्होंने कहा—ऐसी हँसी से सत्ताएं रक्षित होती हैं। समझे? सत्ताएं रक्षित होती हैं। तुम हँस सकते हो?

मैंने कहा—मुझसे नहीं बनेगा।

उन्होंने कहा—सुविधाभोगी हो न! हँसने तक की 'रिस्क' नहीं लेना चाहते।

मैंने कहा—अमुक पत्र का सम्पादक ऐसी सामग्री छाप रहा है जिससे साम्प्रदायिक दंगा भड़क सकता है। आप उसे रोकिए न!

उन्होंने कहा—मुझे तुम इस मामले में मत डालो। उस पत्र में मेरे जन्म-दिवस पर मेरा पूरे पृष्ठ का रंगीन चित्र आनेवाला है।

उन्होंने अंगड़ाई ली।

बोले—एक काम करो मेरा। पड़ौस के मकान में मेरी रखैल रहती है। ज़रा उसे बुला लाओ।

मैं उसकी रखैल को बुला लाया।

उन्होंने मुझसे कहा—तुम बैठो। कुछ चिंतन करो। मैं ज़रा बेडरूम जा रहा हूं।

मैं चिंतन करता रहा।

वे बेडरूम से लौटकर फिर सोफे पर फैल गए।

मैंने कहा—आप कहते हैं, लेखक सुविधाभोगी हो गया है। वे कौन लेखक हैं?

वे बोले—तुम और तुम्हारे जैसे लेखक सुविधाभोगी हो गए हैं। तुम्हें धिक्कार है।

मैंने पूछा—और आप?

उन्होंने जवाब दिया—हम तो सारी सुविधाओं से वंचित हैं। हमें पैदल चलने की सुविधा नहीं है। कष्ट उठाने की सुविधा नहीं है। दुखी होने की सुविधा नहीं है। ईमान की बात कहने की सुविधा नहीं है। सच बोलने की सुविधा नहीं है। किसी को नाराज़ करने की सुविधा नहीं है। संघर्ष करने की सुविधा नहीं है। खतरा उठाने की सुविधा नहीं है। ये सारी सुविधाएं तुम जैसों ने हथिया ली हैं।

मैं सचमुच अपने को अपराधी महसूस करने लगा।

मैंने कहा—आप कहते हैं, लेखक समाज की समस्याओं से कटे हुए हैं। वे लेखक कौन हैं?

जवाब मिला—तुम और तुम्हारे जैसे।

मैंने पूछा—और जुड़े हुए कौन हैं?

वे बोले—हम। मैं समस्याओं से जुड़ा हुआ हूं।

मैंने पूछा—आप कैसे जुड़े हुए हैं?

उन्होंने कहा—यह तो तुमने अभी देख लिया। तुमने अकाल की दुर्दशा की बात की, तो मैं फौरन हँसा। कोई देर की मैंने? कितनी निकटता से जुड़ा हुआ हूं मैं। तुमने उस मां की बात की, तो मैं एकदम हँसा। एक सेकंड की भी देर की? तुम्हें रोने में कम-से-कम एक मिनट लग जाता और तुम समस्या से कट जाते। मुझे हँसने में एक सेकंड भी नहीं लगा। समस्या से तुम जुड़े हो कि मैं?

मैंने स्वीकारा—आप जुड़े हैं।

बैरंग शुभकामना और प्रजातंत्र

नया साल राजनीति वालों के लिए मतपेटिका और मेरे लिए शुभकामना का बैरंग लिफाफा लेकर आया है। दोनों ही बैरंग शुभकामनाएं हैं जिन्हें मुझे स्वीकार करने में 10 पैसे लग गए और राजनीतिज्ञों को बहुत बैरंग चार्ज चुकाना पड़ेगा।

मेरे आसपास 'प्रजातंत्र बचाओ' के नारे लग रहे हैं। इतने ज़्यादा बचानेवाले खड़े हो गए हैं कि अब प्रजातंत्र का बचना मुश्किल दिखता है। जनतंत्र बचाने के पहले सवाल उठता है—किसके लिए बचाएं? जनतंत्र बच गया और फालतू पड़ा रहा तो किस काम का? बाग की सब्ज़ी को उजाड़ू ढोरों से बचाते हैं, तो क्या इसलिए कि वह खड़ी-खड़ी सूख जाए? नहीं, बचाने वाला सब्ज़ी पकाकर खाता है। जनतंत्र अगर बचेगा तो उसकी सब्ज़ी पकाकर खाई जाएगी। मगर खानेवाले इतने ज़्यादा हैं कि जनतंत्र के बंटवारे में आगे चलकर झगड़ा होगा।

पर जनतंत्र बचेगा कैसे? कौन-सा इंजेक्शन कारगर होगा? मैंने एक चुनावमुखी नेता से कहा—भैयाजी, आप तो राजनीति में मां के पेट से ही हैं। ज़रा बताइए, जनतंत्र कैसे बचेगा? कोई कहते हैं, समाजवाद से जनतंत्र बचेगा। कोई कहता है, समाजवाद से मर जाएगा। कोई कहता है, गरीबी मिटाए बिना जनतंत्र नहीं बच सकता। तब कोई कहता है, गरीबी मिटाने का मतलब—तानाशाही लाना। कोई कहता है, इंदिरा गाँधी के सत्ता में रहने से जनतंत्र बचेगा। पर कोई कहता—इंदिरा ही तो जनतंत्र का नाश कर रही है। आप बताइए, जनतंत्र कैसे बचेगा।

भैयाजी ने कहा—भैया, हम तो सौ बात की एक बात जानते हैं कि अपने को बचाने से जनतंत्र बचेगा। अपने को बचाने से दुनिया बचती है। ज़रा चलूं। टिकिट की कोशिश करनी है।

सोचता हूं, मैं भी चुनाव लड़कर जनतंत्र बचा लूं। जब जनतंत्र की सब्ज़ी पकेगी तब एक प्लेट अपने हिस्से में भी आ जाएगी। जो कई सालों से जनतंत्र की सब्ज़ी खा रहे हैं, कहते हैं बड़ी स्वादिष्ट होती है। 'जनतंत्र' की सब्ज़ी में जो 'जन' का छिलका चिपका रहता है उसे छील दो और खालिस 'तंत्र' को पका लो। आदर्शों का मसाला और कागज़ी कार्यक्रमों का नमक डालो और नौकरशाही की चम्मच से खाओ! बड़ा मज़ा आता है—कहते हैं खानेवाले।

सोचता हूं, जब पहलवान चंदगीराम और फिल्मी सितारे-सितारिन जनतंत्र को बचाने को आमादा हैं, तो मैं भी क्यों न जनतंत्र को बचा लूं। मास्टर को तो बादाम पीसने से फुरसत नहीं मिलेगी और सितारों को किसी-न-किसी के बैकग्राउण्ड म्यूजिक पर होंठ हिलाना पड़ेगा। मेरे बिना जनतंत्र कैसे बचेगा?

पर तभी यह बैरंग लिफाफा दिख जाता है और दिल बैठ जाता है। मैंने ग्रीटिंग कार्डों को बिछाकर देखा है—लगभग 5 वर्गमीटर शुभकामनाएं मुझे नए वर्ष की मिली हैं। अगर इतने कार्ड मुझे कोरे मिल जाते, तो मैं इन्हें बेच लेता। पर इन पर मेरा नाम लिखा है इसलिए कोई नहीं खरीदेगा। दूसरे के नाम की शुभकामना किस काम की?

इनमें एक बैरंग लिफाफा भी है। कार्ड पर मेरी सुख-समृद्धि की कामना है। सही है। पर इस शुभकामना को लेने के लिए मुझे 10 पैसे देने पड़े। जो शुभकामना हाथ में आने के दस पैसे ले ले, वह मेरा क्या मंगल करेगी? शुभचिंतक मुझे समृद्ध तो देखना चाहता है, पर यह मुझे बतलाने के ही 10 पैसे ले लेता है।

शुभ का आरम्भ अकसर मेरे साथ अशुभ हो जाता है। समृद्ध होने के लिए लॉटरी की दो टिकटें खरीदीं—हरियाणा और राजस्थान की। खुलीं तो अपना नम्बर नहीं था। दो रुपये गांठ के चले गए। सोचा, बंसीलाल और सुखाड़िया का एक-एक रुपया किसी जन्म का कर्ज़ होगा! चुक गया। अपने को ऐसे समृद्धि नहीं मिलेगी। वह पगडंडी से आती-जाती है। लजीली कुलवती है। पर्दा भी करती है। मेरे एक छात्र ने वह पगडंडी ढूंढ़ ली है। एक दिन मिला, तो मैंने पूछा—तुम्हारे ऐसे ठाठ कैसे हो गए? बड़ा पैसा कमा रहे हो। उसने कहा—सर, अब मैं बिजनेस लाइन में आ गया हूं। मैंने पूछा—कौन-सा बिज़नेस करते हो? उसने कहा—सट्टा खिलाता हूं। इस देश में सट्टा बिज़नेस लाइन में शामिल हो गया है। मंथन करके लक्ष्मी को निकालने के लिए दानवों को देवों का सहयोग अब नहीं चाहिए। पहले

समुद्र-मंथन के वक्त तो उन्हें टेकनीक नहीं आती थी, इसलिए देवताओं का सहयोग लिया। अब वे टेकनीक सीख गए हैं।

हर अच्छी चीज़ बेरंग हो जाती है। पिछले साल सफाई सप्ताह का उद्घाटन मेरे घर के पास ही हुआ था। अच्छी 'साइट' थी। वहां कचरे का एक बड़ा ढेर लगाया गया। फोटोग्राफर कोण और प्रकाश देख गया और तय कर गया कि मंत्रीजी को किस जगह खड़े होकर फावड़ा चलाना है। अफसर कचरे की सजावट करवाने में लग गए। एक दिन मंत्रीजी आए और दो-चार फावड़े चलाकर सफाई सप्ताह का उद्घाटन कर गए। इसके बाद कोई उस कचरे के ढेर को साफ करने नहीं आया। उम्मीद थी कि हर साल यहीं सफाई सप्ताह का उद्घाटन होगा और हर साल 4 फावड़े मारने से लगभग एक शताब्दी में यह कचरा साफ हो जाएगा। मैं इंतज़ार कर सकता हूं पर इस साल दूसरी जगह चुन ली गई।

सफाई सप्ताह कचरे का ढेर दे जाता है और नया साल बेरंग शुभकामना लेकर आता है। फिर भी संसद में जाने को लालायित हूं। एक साहब से अपनी इच्छा प्रकट करता हूं तो वह कहता है—चुनाव लड़ने से भी क्या होगा? मैंने कहा—संसद सदस्य हो जाऊंगा।

वह—संसद सदस्य होने से भी क्या होगा?

मैं—मंत्री हो जाऊंगा।

वह—मंत्री होने से भी क्या होगा?

मैं—मैं प्रधानमंत्री हो जाऊंगा।

वह—प्रधानमंत्री होने से भी क्या होगा?

मैं—मैं गरीबी मिटा दूंगा।

वह—गरीबी मिटाने से भी क्या होगा?

मैं—लोग खुशहाल हो जाएंगे।

वह कहता है—पर भैया, खुशहाल होने से भी क्या होगा?

मेरे पास इसका जवाब नहीं। यह भारतीय जन कैसा हो गया है? कैसा हो गया है इसका मन? लगता है, मुझे ही नहीं, सारे देशवासियों को बेरंग शुभकामनाएं आती रही हैं और आज उसका यह हाल हो गया है कि कहता है—खुशहाल होने से भी क्या होगा?

मित्र कहते हैं—तुम तो जनता के उम्मीदवार हो जाओ। जनसमर्थित उम्मीदवार! पर मैं इसी भारतीय जन की तलाश में हूं वर्षों से। वह मिलता नहीं है। कहते हैं, वह चुनाव के वक्त मिलता है—भारतीय जन। पर अभी के एक चुनाव में उसे मैं तलाशता रहा। लगभग हर पार्टी ने मुसलमानों के मत पाने के लिए मौलाना को बुलाया। मौलाना ने फतवा दिया—मुसलमानो, जब तुम ईद के चांद के बारे में मेरी बात मानते हो तो वोट के बारे में भी मेरी बात मानो। अमुक को वोट दो। जैनियों के मत पाने के लिए कोई ऑल इण्डिया जैन नेता बुला लिया। दिगम्बरों के लिए दिगम्बर और श्वेताम्बरों के लिए श्वेताम्बर। स्थानकवासी और तेरापंथी और मिल जाते तो ठीक रहता। तेलियों के लिए अखिल भारतीय तेली और नाइयों के लिए ऑल इण्डिया नाई। क्षेत्र के ब्राह्मणों से कहा गया— यहां से हमेशा ब्राह्मण चुनाव जीता है। देख लो, 20 सालों का रिकार्ड। धिक्कार है हम ब्राह्मणें को अगर कोई गैर-ब्राह्मण इस बार जीत गया तो।

कहां है भारतीय जन? कौन-सा है? क्या वह जो कहता है—खुशहाल होने से भी क्या होगा? या यह जो भारतीय होने के लिए चलता है, कि रास्ते में कोई उसे रोककर कहता है—चल वापस। तू भारतीय नहीं, ब्राह्मण है।

बैरंग मंगल कार्ड मेरी आंखों में घूरकर देखता है और कहता है—वक्त के इशारे को समझ और बाज़ आ। तुझसे प्रजातंत्र नहीं बचेगा। अगर तुझे ही चुनाव जीतकर प्रजातंत्र बचाने का काम नए साल ने सौंपा होता, तो मेरे ऊपर पूरी टिकटें न चिपकतीं?

इतिहास का सबसे बड़ा जुआ

(**इधर पंचम गुरु** का मशहूर जुए का अड्डा चलता है। पुलिस, ऊंचे अफसरान और धनी-मानी लोगों के नैतिक सहयोग से यह अड्डा फल-फूल रहा है—याने फूलने की झंझट में न पड़कर एकदम फल जाता है। हर जुए के अड्डे में 'छोकरे' होते हैं, जो पान, बीड़ी, दारू का इंतज़ाम करते हैं, जुआरियों की सेवा करते हैं। पंचम गुरु के अड्डे में एक तेज़ छोकरा है। उसे पूर्व-स्मृति है। वह कहता है, द्वापर में भी वह 'छोकरा' ही था और लच्छू उस्ताद के जुए के अड्डे में काम करता था। जब दुर्योधन ने युधिष्ठिर के साथ जुआ खेला था, तब उन्होंने लच्छू उस्ताद से एक अच्छा 'छोकरा' देने के लिए कहा था। लच्छू उस्ताद ने इसी छोकरे को भेज दिया था। वह कहता है, उसने इतिहास का वह सबसे बड़ा जुआ देखा था। उसी के शब्दों में—लेखक)

साब, बड़े-बड़े जुए के फड़ देखे, बड़े-बड़े जुआरी देखे, पर वैसा जुआ नहीं देखा। लच्छू उस्ताद ने कहा था—छोकरे, राजा लोगों का जुआ है। बड़े-बड़े वीर वहां होंगे। अच्छी चाकरी करेगा तो ऊंचा 'टिप' मिलेगा। गलती करेगा तो सिर खो देगा। ज़रा संभल के।

तो साब, मैं तो डरते-डरते वहां गया।

मैंने पूछा—छोकरे, यह जुआ हुआ ही क्यों? तू तो वहां था। तू जानता होगा।

छोकरा बोला—जिसको 'पॉवर पॉलिटिक्स' बोलते हैं न साब, वही था ये। सब जुआ खेलते हैं पॉलिटिक्स में। नेपोलियन ने खेला था, हिटलर ने खेला था। याहिया खां ने भी खेलकर देख लिया। हिन्दचीन में अमेरिका इतने सालों से जुआ खेल रहा है। 1962 में क्यूबा में रूस और अमेरिका जुआ खेलनेवाले ही थे कि

संभल गए, वरना न पांडव रहते न कौरव।

मैंने कहा—पर ये कौरव-पांडव तो एक ही कुल के थे। भाई ही थे। फिर ऐसा पॉवर पॉलिटिक्स क्यों चला?

छोकरे ने कहा—रूस और चीन क्या एक ही कुल के नहीं हैं साब? फिर भी पॉवर पॉलिटिक्स का जुआ चल रहा है। अमेरिका और पश्चिमी जर्मनी भी तो एक ही कुल के हैं, पर उनमें भी डॉलर और मार्क का जुआ चल रहा है। भाई-भाई में जुआ होता है साब। एक मज़े की बात बताऊं? शकुनि और दुर्योधन के सिवा सब जुए के खिलाफ थे। धृतराष्ट्र जुए को बुरा समझते थे, भीष्म जुए को नाश का कारण मानते थे, विदुर ने तो सबसे ज़्यादा विरोध किया। पर जानते हैं साब, युधिष्ठिर को जुआ खेलने के लिए बुलाने कौन गया? वही महात्मा विदुर। और युधिष्ठिर ने भी कहा कि जुआ बहुत खराब चीज़ है। पर फिर खेलने भी चले आए। कहने लगे—जब बुलावा आया है तो ज़रूर चलकर खेलूंगा। साब, सब जुए के खिलाफ, पर सब जुआ खेल रहे हैं।

मैंने पूछा—छोकरे, तू तो बड़ा होशियार मालूम होता है। यह तो बताओ कि ऐसा हुआ क्यों?

छोकरे ने कहा—साब, जब कुल का सयाना अंधा होता है, तब थोड़े-थोड़े अंधे सब हो जाते हैं। फिर जिसे बुरी बात समझते हैं उसी को करते हैं। अभी देख लो न। दुनिया में सब लड़ाई को बुरा बोलते हैं। सब शांति की इच्छा रखते हैं, पर सब हथियार बनाते जा रहे हैं।

ये युधिष्ठिर जो थे न, धर्मराज थे। बड़े भले आदमी थे। अच्छा, बुरा, पाप, पुण्य—सब समझते थे। दूसरों को सिखाते थे। पर उन्हें जुआ खेलने का शौक था। बड़े आदमी में एक-न-एक खराबी होती ही है, साब। हमारे लच्छू उस्ताद ने उनसे कहा था—महाराज, जुआ खेलने का ही शौक है, तो हमारे अड्डे पर आ जाया करो। अरे हारोगे भी तो कितना हारोगे? हज़ार, पांच हज़ार, दस हज़ार सिक्के। वेश बदलकर आ जाया करो। कोई जानेगा नहीं। और महाराज, पांसा नहीं तीन पत्ती खेलो। आपको पांसा फेंकना ही नहीं आता। किसी दिन पांसे के जुए में आप भाइयों की कमाई प्रॉपर्टी उड़ा दोगे। पर वे माने ही नहीं। आखिर वही हुआ जो हमारे लच्छू उस्ताद ने कहा था।

कौरव बैठे हैं। पाण्डवों का इंतज़ार कर रहे हैं। धृतराष्ट्र भी उत्सुक हैं।

दिखता नहीं है तो पूछते हैं—आ गए? कोने में विदुर खिन्न बैठे हैं। भीष्म बेचैन हैं। दुर्योधन और शकुनि उत्तेजित हैं और कर्ण शान्त और संतुष्ट बैठे हैं।

उधर का हाल यह है कि पाण्डव जानते हैं कि हारेंगे, फिर भी खेलने को चले आ रहे हैं। आगे युधिष्ठिर हैं, पीछे भीम। उसके पीछे अर्जुन, नकुल और सहदेव। भीम उत्तेजित हैं। बाकी भाई इस तरह तटस्थ भाव से चल रहे हैं कि बड़े भैया जो भी करें, ठीक है।

आमने-सामने बैठ गए। मैं पानी पिलाने के बहाने युधिष्ठिर के पास गया और कान में कहा—धर्मराज, तीन पत्ती खेलो। पांसा मत खेलना। तुम्हें पांसा फेंकना नहीं आता। इसी वक्त शकुनि ने मुझे देख लिया और पुकारा—ऐ छोकरे, उधर क्या कर रहा है? वह बीड़ी का कट्टा उठाकर ला।

दुर्योधन बोलता है—दांव मैं लगाऊंगा, पर पांसे मेरी तरफ से मामा शकुनि फेंकेंगे। भला बताइए, ऐसा भी होता है कि दांव एक लगाए और पांसा दूसरा फेंके!

मैंने कहा—होता है रे। पॉलिटिक्स में होता है। देखा नहीं कि दांव याहिया खां ने लगाया और पांसे निक्सन तथा माओ ने फेंके—दो शकुनि मामा। और हम अगर युधिष्ठिर जैसे बने रहते तो हमारा भी कबाड़ा हो जाता। पर हमने कह दिया कि तेरा शकुनि तो हमारा भी 'रसुनि'। फेंक पांसा।

छोकरा बोला—बिल्कुल ठीक बात बोले साब आप। युधिष्ठिर भी कह देते कि तुम्हारी तरफ से अगर शकुनि पांसा फेंकेंगे तो हमारी तरफ से लच्छू उस्ताद फेंकेंगे। शकुनि किसी का लोहा मानता था तो हमारे लच्छू उस्ताद का। पर युधिष्ठिर के हाथ तो पांसा फेंकने को कुलबुला रहे थे न। वे इस शर्त को भी मान गए।

और चालू हो गया साब, जुआ।

युधिष्ठिर ने लगा दिए दांव पर सोना और रत्न। फेंके पांसे।

फिर शकुनि ने पांसे फेंके और चिल्लाया—जीत लिया।

एक बात माननी पड़ेगी साब—शकुनि था उस्ताद। जैसे चाहता वैसे पांसे फेंक लेता था। यह बात तो उड़ाई हुई है कि वह कपटी था। असल में वह अच्छा खिलाड़ी था।

फिर लगा दांव—और लाखों अशर्फी, मनों सोना।

धर्मराज ने पांसे फेंके।

फिर शकुनि ने फेंके और चिल्लाया—जीत लिया!

धर्मराज तो जुए के नशे में धुत्त हो गए थे। उन्होंने सब प्रॉपर्टी हाथी, घोड़े, गायें, दांव पर लग़ा दिए और हार गए।

मैंने कहा— अब बंद करो महाराज!

पर वे बोले—अगला दांव मैं ही जीतूंगा।

पर अब दांव पर लगाने को बचा ही क्या था? सिर्फ आदमी बचे थे। और वे सेनापतियों और नौकरों को दांव पर लगाने और हारने लगे। मैंने पूछा—क्यों रे छोकरे, जब आदमी दांव पर लगने लगे तो किसी ने रोका नहीं?

उसने कहा—रोका, साब। पर धर्मराज तो होश में नहीं थे। उधर बेचारे विदुर ज़रूर बार-बार धृतराष्ट्र से कहते थे कि लड़के को रोको, वरना अनिष्ट होगा। पर अंधे राजा बेटे के मोह में और अंधे हो गए थे।

उधर दुःशासन, दुर्योधन और शकुनि वगैरह पांडवों की खिल्ली उड़ाते थे, उनका अपमान करते थे। इधर भीम क्रोध से कसमसा जाते थे। बाकी पांडव बड़े भाई के लिहाज़ में मुंह लटकाए बैठे थे।

आदमी दांव पर लगने लगे साब और हारे जाने लगे। दास-दासी—सब धर्मराज हार गए।

पसीना आ रहा था युधिष्ठिर को। मुझे पुकारा—छोकरे, पानी पिला।

मैंने उन्हें पानी पिलाते हुए कहा—महाराज, अब भाइयों को लेकर भाग जाओ।

पर वे कहां माननेवाले!

उन्होंने नकुल और सहदेव को दांव पर लगा दिया और हार गए।

शकुनि चिल्लाया—छोकरे, थोड़ी दारू ला।

अब साब, युधिष्ठिर ने भीम और अर्जुन को दांव पर लगया और हार गए।

कोई भाई नहीं बोला साब कि हमारा जुआ क्यों खेलते हो?

अब बचे धर्मराज।

बोले—इस बार मैंने अपने को दांव पर लगाया।

पांसे फेंके।

शकुनि ने फेंके और जीत गया।

खलास हो गया। सब भाई दुर्योधन की प्रॉपर्टी हो गए साब।
अब?

शकुनि को खूब चढ़ गई थी साब। नहीं तो वह वैसी बात नहीं कहता। कहता है—धर्मराज, अभी द्रौपदी बच गई है। उसे भी दांव पर लगाओ।

सारी सभा में हाहाकार मच गया। विदुर ने फिर समझाया।

बताइए साब, द्रौपदी तो ज्वाइंट प्रॉपर्टी थी। अकेले युधिष्ठिर की बीवी तो थी नहीं। पांचों भाइयों की थी। फिर एक भाई उसे दांव पर कैसे लगा सकता है?

पर लगा दिया। भाई लोग कुछ नहीं बोले। वह ज़माना ही ऐसा था साब। भीष्म के पिता शांतनु का दिल एक केवट कन्या पर आ गया था, तो बूढ़े बाप के शौक के लिए भीष्म ने राजपाट छोड़ा और क्वांरे रहे। बोले ही नहीं कि फादर, बहुत भोग कर लिया, बूढ़े हो गए। अब हमारी ज़िंदगी क्यों खराब करते हो?

तो साब, युधिष्ठिर द्रौपदी को भी हार गए।

भीम अब आपे से बाहर हो गया। बोला—अभी तक मैं कुछ नहीं बोला। तुम प्रॉपर्टी हार गए। हमें भी हार गए। पर तुमने द्रौपदी को भी दांव पर लगा दिया। तुम पक्के जुआरी हो। मैं तुम्हारे इन पांसे फेंकने वाले हाथों को जला दूंगा।

एक बात बताऊं? भीम द्रौपदी को बहुत 'लव' करता था। पर द्रौपदी ज़रा अर्जुन की तरफ़ ज़्यादा थी। कृष्ण अर्जुन का बड़ा दोस्त था। और द्रौपदी भी कृष्ण से अपना दुख कहती थी। पता नहीं, क्या गोलमाल था साब। ये कृष्ण था बहुत दंदी-फंदी आदमी। वह होता तो शकुनि की नहीं चलती। वह साफ झूठ बोल जाता था और कहता था कि यही सच है। वह कपट कर लेता था और कहता था कि इस वक्त कपट करना धर्म है।

अब साब, द्रौपदी सभा में लाई गई। दुःशासन लाया। और उसका अपमान होने लगा।

बड़ी ज़ोरदार औरत थी यह द्रौपदी। उसने वह धिक्कारा सबको कि सबके माथे झुक गए। बोली—ये मेरे पति कायर हैं। ये इतने बूढ़े और ज्ञानी सभा में बैठे हैं, ये सब पापी हैं। मुझे बताओ कि खुद अपने को हारे हुए युधिष्ठिर क्या मुझे दांव पर लगा सकते हैं? क्या बोलता है तुम्हारा धर्म? तुम्हारी नीति? तुम्हारा न्याय?

सब सुन्न हो गए, साब! कोई नहीं बोला।

मैंने कहा—छोकरे, कौरवों की तरफ बड़े-बड़े लोग थे। बड़े-बूढ़े थे। वे सही बात क्यों नहीं बोले?

छोकरा हँसा। बोला—साब, वे सब 'सिंडिकेटी' हो गए थे। अनुशासन में बंध गए थे। निजलिंगप्पाजी जिसको 'डिसिप्लिन' बोले थे न, वही हो गया था। अंतरात्मा की आवाज़ और अनुशासन का झगड़ा था। द्रौपदी कहती थी—तुम्हारी अंतरात्मा क्या बोलती है? पर वे सब बूढ़े और ज्ञानी जैसे जवाब में कह रहे हों—अंतरात्मा की आवाज़ नहीं। हम तो अनुशासन वाले हैं। इसलिए चुप हैं। और साब, आप जानते ही हैं, कि जैसी सिंडिकेटी अनुशासन वालों की गत हुई वैसी ही इन द्वापर के सिंडिकेटियों की महाभारत में हुई।

मैंने पूछा—छोकरे, फिर पाण्डवों ने क्या किया?

वह बोला—फिर पाण्डवों ने कुछ नहीं, द्रौपदी ने ही किया। उसने धृतराष्ट्र को खुश करके अपने पतियों और प्रॉपर्टी को वापस ले लिया। यह दूसरा जुआ था साब! द्रौपदी ने वह पांसे फेंके, क्रोध, धिक्कार और विलाप के, कि वह जीत गई।

अब पाण्डव वापस घर को चले।

इधर दुर्योधन घबड़ाया कि अब ये बदला लेंगे। उसने शकुनि से सलाह की।

वह दौड़कर युधिष्ठिर के पास गया और कहा—एक बार और खेल लो।

बड़े बौड़म थे ये धर्मराज।

और साब, धर्मराज जानते हुए भी कि फिर हारेंगे, खेलने के लिए लौट आए।

आगे का हाल तो आप जानते ही हैं। एक ही दांव में पाण्डवों को 12

वर्ष का बनवास और एक वर्ष का अज्ञातवास हो गया।

दुर्योधन का पॉलिटिक्स चल गया साब। 13 साल तक राजनैतिक विरोधी को बियाबान में रखकर उसने अपनी 'पोज़ीशन' मज़बूत करने की ठान ली थी।

लड़का चुप हो गया। उदास हो गया।

कहने लगा—ऐसा जुआ कभी नहीं देखा, साब! मुझे तो रोना आ गया साब, जब पाण्डव वनवासियों का वेश धारण करके चल दिए। भीम लाल-पीले हो रहे थे, पर विवश थे। और बेचारी द्रौपदी बिलखती हुई पीछे चल रही थी।

रास्ते में लच्छू उस्ताद युधिष्ठिर को मिले। बोले—धर्मराज, 13 साल का चांस मिला है। इसमें कम-से-कम एक भाई को तो अच्छा जुआरी बनाओ। तीर-कमान सिखाने से ही कुछ नहीं होता। तीर-कमान को तो पांसों ने मार दिया। पांचों पाण्डवों में कम-से-कम एक को तो जुआ खेलने में एक्सपर्ट होना चाहिए। बोलो, अपने अड्डे के घसीटे को साथ कर दूं? वह सिखा देगा।

पर धर्मराज ने यह बात भी नहीं मानी और वन को चले गए।

•

आना न आना रामकुमार का

बदनामी अपनी कई तरह की है। एक यही है कि भाषण देने के, उद्घाटन करने के और मुख्य अतिथि होने के भी पैसे ले लेता हूं।

मगर बदनामी इससे भी आगे बढ़ गई है, यह मुझे उस दिन मालूम हुआ। मैं एक शहर व्यक्तिगत काम से गया था। दूसरे दिन शाम को स्थानीय कॉलेज के 2-3 लड़के अपने अध्यापक के साथ आए। मैं खुद परेशान था कि इस शहर में कोई कॉलेज-वॉलेज या कोई संस्था है या नहीं? है तो कोई आता क्यों नहीं? 36 घंटे किसी छोटे शहर में लेखक को पड़े हो जाएं और कोई न आए, तो भी मन न जाने कैसा-कैसा करता है। खैर, वे आए तो तबियत हरी हो गई। उन्होंने कहा—कल हम लोग कॉलेज में आपका सम्मान करना चाहते हैं।

मैं झूठे संकोच नहीं पालता। मैंने कहा— कर डालो। शुभ काम है। कितने बजे आ जाऊं?

वे बोले—4 बजे प्रोग्राम रखा है। हम आपको लेने आ जाएंगे।

मैंने कहा—ठीक है। मैं तैयार रहूंगा।

बात खत्म होनी चाहिए थी। अब आगे कॉलेज के बारे में या मौसम के बारे में या साहित्य के बारे में बातें ही हो सकती थीं। पर वे गुमसुम बैठे थे।

आखिर एक लड़के ने निहायत भोलेपन से कहा—कितना रुपया लेंगे?

मैं काफी बेहया हूं। मगर इस बात ने मेरी भी चमड़ी उधेड़ दी। बदनामी इतनी आगे बढ़ गई है कि सम्मान करनेवाला जानता है कि यह नीच सम्मान करवाने के भी रुपये लेगा। कैसा बेशर्म है!

यह सही है कि किसी समारोह में जाना स्वीकार करते वक्त ही 'पत्रं पुष्पं'

कहलानेवाली रकम का अंदाज़ दोनों पार्टियों को रहता है।

मैं पहुंचते ही आयोजकों के चेहरों, व्यवहार और आवभगत से हिसाब लगाना शुरू कर देता हूं कि ये अच्छे पैसे देंगे या नहीं? कभी ऐसा भी हुआ है कि ज़्यादा आवभगत करने वालों ने रुपये मुझे कम दिए हैं। लेखक का शंकालु मन है। शंका न हो तो लेखक कैसा? मगर वे भी लेखक हैं जिनके मन में न शंका उठती है न सवाल। ज़्यादा आवभगत होने लगे तो आशंका होती है कि ये पैसे कम होंगे। मैं मन-ही-मन कहता हूं—भैया, ज़्यादा कर रहे हो। नॉर्मल हो जाओ तो मैं भी हो जाऊं। तुम्हारी आवभगत के हिसाब से मेरी घबड़ाहट भी बढ़ रही है।

समारोह के बाद एक लिफाफा दिया जाता है। इस लिफाफे से मुझे सख्त चिढ़ है। हर लिफाफे से मुझे चिढ़ है। लिफाफा हमेशा अपने और दूसरे को धोखा देने के काम आता है। लिफाफा देखकर मैं बेचैन हो उठता हूं। पता नहीं कितने हैं? हैं भी या नहीं? चारों तरफ अंधकार। कोई रोशनी देनेवाला नहीं। मैं विरागी की तरह लिफाफा लेकर जेब में रख लेता हूँ जैसे तुच्छ माया है। पर मन बेचैन रहता है। मैं बातें करते-करते हाथ जेब में डालकर, नोटों को टटोलकर रकम का अंदाज़ा लगा लेता हूं। यह अभ्यास मुझे हो गया है। अगर इसमें नाकामयाब हुआ तो बाथरूम तो कहीं गया नहीं है। मैं बाथरूम में जाकर गिन लेता हूं।

रकम की अनिश्चितता की बेचैनी सबको होती है। जिन्हें नहीं होती वे आदमी नहीं हैं। और हैं भी, तो झूठे हैं। बहुतों में बाथरूम में घुसकर गिनने का नैतिक साहस नहीं होता और वे अशांत मन लेकर औपचारिक सद्भावना और संतोष निभाते रहते हैं।

मैं ऐसा नहीं करता। गिनकर निकलता हूं। और रकम संतोषप्रद होती है तो उन लोगों से कहता हूं—आपका यह इलाका बहुत प्रगतिशील है। मैं बहुत जगह घूमा हूं, पर ऐसा आगे बढ़ा हुआ क्षेत्र मुझे कम ही मिला है।

पर अगर रुपये कम हुए तो कहता हूं—यह इलाका पिछड़ा हुआ है। इसे अभी बहुत प्रगति करनी है।

10-15 रुपये के हेर-फेर में पूरे इलाके को प्रगतिशील या पिछड़ा हुआ घोषित कर देता हूं।

समारोह खत्म हो गया था। मुझे पहली गाड़ी से ही लौटना था। सामान बंध चुका था। होटल के कमरे में स्थानीय प्रबुद्ध जन और बंधु बैठे थे और मेरे

भाषण की तारीफ कर रहे थे। मुझे तारीफ बिल्कुल अच्छी नहीं लग रही थी। मैं बार-बार दरवाज़े की तरफ देखता था—रामकुमार अभी तक नहीं आए।

रामकुमार वे सज्जन थे जिनके पास मेरे पैसे थे।

मैंने उन लोगों से कहा—रामकुमार अभी तक नहीं आए।

वे बोले—आते ही होंगे।

एक अध्यापक कहते हैं—सोचने की नई दिशा देते हैं आप।

दिशा? दिशा तो सही वह है जिससे रामकुमार को आना है। नहीं बताना मुझे दिशा, और सोचने की भी कोई खास ज़रूरत नहीं है। मुझे तो यह बताओ कि रामकुमार अब तक क्यों नहीं आए?

वे बंधु कहते हैं—एक कप चाय हो जाए।

चाय आती है। मुझे अच्छी नहीं लगती। रामकुमार ने मेरा स्वाद छीन लिया। एक-दो घूंट लेता हूं और फिर कहता हूं—रामकुमार नहीं आए।

—वे नहीं जानते कि मैं बार-बार रामकुमार को क्यों पूछता हूं।

अब मैं अपने को धिक्कारता हूं—लोभी! तू भी कोई लेखक है? लेखक क्या ऐसा होता है? धिक्कार है!

थोड़ी देर इस धिक्कार से मन को संभालता हूं, पर फिर पूछ उठता हूं—रामकुमार नहीं आए?

अब उन लोगों को अच्छा नहीं लग रहा है। वे शायद सोचते हैं कि कुछ घंटों में ही इन्हें रामकुमार इतने पसंद आ गए और हम कुछ नहीं?

एक सुंदरी आती है। कहती है—बड़ा सुंदर भाषण था आपका। मुझे ऊष्मा का अनुभव नहीं होता। इस वक्त विश्व-सुंदरी भी रामकुमार से घटिया है। सुंदरी मेरी 'हूं-हां' से निरुत्साहित होती है। पर देवी, मैं क्या करूँ? रामकुमार तो नहीं आए! अगर वे आ गए होते तो मैं तुमसे बड़े रस से बातें करता।

मैं मन को फिर संभालने की कोशिश करता हूं—बेवकूफ, परेशान क्यों होता है? पैसा ही तो सब कुछ नहीं है। दो हज़ार लड़कों ने तुम्हारा भाषण सुना। इनमें से अगर 50 भी बिगड़ गए तो जीवन सार्थक हो गया। जब तुम बोल रहे थे तब तुम उन लड़कों से चाहे तो तुड़वा सकते थे—परम्परा से लेकर भाग्य-विधाताओं

के हाथ-पांव तक।

मेरा मन थोड़ा ऊंचा उठता है। मगर एक मिनट में ही फिर गिरता है और मैं कहता हूं—रामकुमार अभी तक नहीं आए।

उनमें एक बुजुर्ग अध्यापक मेरी बेचैनी समझ गए। उन्होंने अलग ले जाकर कान में कहा—रामकुमार शायद सीधे स्टेशन पैसे लेकर पहुंचें। चिंता मत करिए। अगर न भी आए तो हम भिजवा देंगे।

इन्होंने ऐसा क्यों कहा? ज़रूर पहले से मुझे चरका देने की योजना बन चुकी है। मुझे याद आया लखनऊ का वह वाकया। तीन प्रोफेसर लोग मुझे आगरा की गाड़ी में बिठाने आए। मैं समझा, ये रुपया लाए होंगे। पर वे कहने लगे कि हम समझे, प्रिंसिपल साहब ने आपको दे दिए होंगे। आगरा की गाड़ी सामने खड़ी थी और मेरे पास किराये के पैसे भी नहीं थे। तब उन अध्यापकों ने चंदा करके मेरे लिए टिकट खरीदा। पैसे मेरे आज तक नहीं आए।

मैं ज़्यादा बेचैन हो गया।

गाड़ी का वक्त हो गया। उन लोगों ने डिब्बे में मेरा सामान रखवाया। बैठते-बैठते मैंने फिर दोनों सड़कों पर नज़र दौड़ाई और कहा—रामकुमार अभी तक नहीं आए।

स्टेशन पर दूर-दूर तक रामकुमार कहीं नहीं हैं।

मेरी घबराहट बढ़ती है।

मैं कहता हूं—रामकुमार तो नहीं आए।

वे अब जवाब नहीं देते। परेशान हो गए हैं।

हम प्लेटफॉर्म पर चहलकदमी करते हैं। वे लोग साहित्य और राजनीति की बातें करते हैं। मेरा मन नहीं लगता। मेरे मन में रामकुमार की छवि समाई है।

दूसरे प्लेटफॉर्म पर एक गाड़ी रवाना होने को तैयार खड़ी है। तभी एक औरत सिर पर पोटली रखे भागती है और उसका पीछा एक साधु कर रहा है। औरत उस डिब्बे में घुस जाती है। साधु उसे बाहर घसीटकर प्लेटफॉर्म पर डाल देता है। औरत चीखती है—मैं तेरे साथ नहीं रहूंगी। साधु उसे एक लात मारकर कहता है—रहेगी कैसे नहीं? हंगामा मच जाता है। पुलिस वाला आता है। साधु

को डराता है तो साधु कहता है—यह मेरी घरवाली है। मैं इसे ले जाऊंगा।

मेरे पास के डिब्बे में बैठी एक स्त्री दूसरी से कहती है—बाई, जब इंद्री पै बस नहीं है तो साधु क्यों होते हैं?

बढ़िया प्लॉट है कहानी का। पकड़ लूं इसे। डायलॉग दिमाग में जमा लूं।

पर मेरा दिमाग प्लॉट में भी नहीं लगता।

थोड़ी देर बाद फिर कह उठता हूं—रामकुमार नहीं आए।

गाड़ी आधा घंटा लेट है।

अब मेरे मन को थोड़ी राहत मिलती है। रामकुमार के आने की उम्मीद मैं छोड़ता नहीं हूं। उन्हें आधा घंटे का समय और मिल गया है।

मैं प्लेटफॉर्म पर दोनों तरफ देखता हुआ उन लोगों के साथ घूम रहा हूं। वे ज्ञान चर्चा करते हैं। हँसी-मज़ाक करते हैं। मेरा किसी में मन नहीं लगता।

इतने में रामकुमार आते दिखाई देते हैं। वे लोग एक साथ कहते हैं—लीजिए, आ गए आपके रामकुमार।

रामकुमार पसीने से लथपथ हैं। कहते हैं, साइकिल पंचर हो गई थी। उसे सुधरने देकर लाइन-लाइन भागता हुआ आया हूं।

मेरी बेचैनी कम होती है। मगर ये रामकुमार जेब में हाथ क्यों नहीं डालते? लिफाफा क्यों नहीं निकालते? गपशप में क्यों उलझे हैं?

मैं इंतज़ार कर रहा हूं, यह कब जेब में हाथ डालते हैं?

वे जेब में हाथ नहीं डालते।

तरकीबें मुझे बहुत आती हैं। मैं अपनी जेब में हाथ डालते हुए कहता हूं—रामकुमारजी, टिकट ले लीजिए।

रामकुमार मुझे रोकते हैं—नहीं-नहीं मैं टिकिट ले आता हूं।

रामकुमार मुझे अलग ले जाकर लिफाफा देते हैं। कहते हैं—इतने रुपये ठीक हैं। ठीक हैं न।

अब बाथरूम में जाने की ज़रूरत नहीं। रामकुमार ने स्वयं राशि बता दी है।

टिकिट आ जाता है। मैं कहता हूं—भई, चाय पी जाएगी।

चाय मुझे बहुत अच्छी लगती है।

कहता हूं—यहां के लोग काफी प्रबुद्ध हैं। मैं देख रहा था, वे लोग बड़े ध्यान से मेरी बातें सुन रहे थे और समझ रहे थे। कई जगह तो मैंने अनुभव किया है कि मैं बोल रहा हूं और कोई समझ नहीं रहा है। इस मामले में आपका यह क्षेत्र काफी आगे बढ़ा हुआ है।

रामकुमार आ गए थे न!

दिशा बताइए

समारोह के मुख्य अतिथि नहीं आए थे। वादा करके जो मुख्य अतिथि ऐन मौके पर न आए वह आम आ जाने वाले मुख्य अतिथि से बड़ा होता है, जैसे वह कवि बड़ा होता है जो पेशगी खा जाए और कवि सम्मेलन में न जाए। मैं एक कवि को जानता हूं जो हर शहर की पेशगी खा गए और अब उन्हें कोई नहीं बुलाता। वे कवि-कर्म से ही छुट्टी पा गए हैं।

संयोजक घबड़ाए हुए हॉल में चारों तरफ नज़रें डाल रहे थे। उनकी तलाश दुहरी थी—अपने मुख्य अतिथि को वे खोज रहे थे और साथ ही, उसकी एवज में मुख्य अतिथि बन सकने वाले को भी ढूंढ रहे थे। मुख्य अतिथि की एक बनावट होती है। गांधीजी ने खादी का धोती-कुरता पहनाकर और नेहरू ने जाकिट पहनाकर कई पीढ़ियों के लिए मुख्य अतिथि की बनावट तय कर दी थी। आज़ादी के पहले ये सब दुबले थे, इसलिए मुख्य अतिथि नहीं होते थे। आज़ादी के बाद ये मोटे हो गए, कुछ की तोंद निकल आई और आदर्श मुख्य अतिथि बन गए। मैं इधर कुछ सालों से देख रहा हूं, मैं फुर्ती से मुख्य अतिथि के रूप में ढल रहा हूं। कुरता-पायजामा, जाकिट मैं पहले से ही पहनता हूं। इधर कपड़ा ज़्यादा लगने लगा है। ज्यों-ज्यों कपड़ा ज़्यादा लगने लगा है, त्यों-त्यों मैं मुख्य अतिथि की गद्दी की तरफ सरक रहा हूं।

कोने में रखी फूल-मालाओं की आंखें निकल आई हैं। वे अपने मुख्य अतिथि की तलाश कर रही हैं। मैं फूल-मालाओं से आंखें मिला रहा हूँ। बड़ा 'फस्ट्रेशन' है उनकी आंखों में, बड़ी निराशा। वादा करके भी प्रेमी कॉफी हाउस में न मिले तो उस मनःस्थिति में सुंदरी को पटा लेना सहज होता है। मैं देख रहा हूं, मालाएं मुझसे आंखें मिला रही हैं। इधर संयोजकों की नज़र मुझपर बार-बार पड़ती है

और वे आपस में कानाफूसी करते हैं। वे एवज़ के मुख्य अतिथि के रूप में मुझे तौल रहे हैं। एवज़ में छोटों का भाग्य चमक जाता है। राम की एवज़ में खड़ाऊं राजसिंहासन पर बैठ गई थीं।

तीन संयोजक दरवाज़े के पास खड़े सलाह कर रहे हैं। वे मेरी तरफ बार-बार देखते हैं। मुख्य अतिथि उनके लिए ज़रूरी है। उन्हें मालाएं पहनानी हैं। माला पहनाना कुछ लोगों की तन्दुरुस्ती के लिए ज़रूरी है। वे अगर महीने में एक बार किसी को माला न पहनाएं तो स्वास्थ्य खराब होने लगता है। हर समाज में माला पहनानेवाले ज़रूरी हैं। अगर ये न हों तो माला पहनने वालों की गर्दनें पिचक जाएं। मंत्रिमंडल से निकलने के बाद एक साहब को माला पहनाने वाले नहीं मिलते थे। उनका स्वास्थ्य गिरने लगा। डॉक्टरों ने उन्हें सलाह दी कि आप फूलमाला का सेवन करें। उन्होंने दस रुपये महीने पर एक माली को रोज़ माला पहनाने के लिए लगा लिया। शाम को वे सजकर कुर्सी पर बैठ जाते। माली आता और माला पहनाता। वे कहते—भाइयो और बहनो! उनकी सेहत अच्छी हो गई। मगर माली का स्वास्थ्य गिरने लगा। हर एक को माला पहनाना अनुकूल नहीं पड़ता। अपनी-अपनी प्रकृति है। भगवान भूतल पर कोई बड़ा काम करते थे, तो निठल्ले देवता आकाश से फूल बरसाते थे। दोनों का स्वास्थ्य ठीक रहता था। कर्मी के लिए फूल तोड़ने में निठल्ले का वक्त अच्छा कट जाता है।

संयोजक अब निर्णय पर पहुंच रहे हैं। दूर हैं, पर हाव-भाव से पूरा वार्तालाप मैं सुन रहा हूं। एक कहता है—परसाईजी ठीक रहेंगे। दूसरे का चेहरा खिन्न होता है। कहता है—नहीं यार, वह नहीं जमेंगे। तब तीसरा मेरे समर्थन में कहता है—कोई और यहां है ही नहीं और टाइम बहुत हो गया। बहुमत मेरे पक्ष में हो गया है। मैं जाकिट के बटन लगा लेता हूं। बालों पर हाथ फेरता हूं। दुरुस्त हैं। रूमाल चेहरे पर फेरता हूं, जिससे उचक्कापन साफ हो जाए और नीचे दबी गम्भीरता ऊपर आ जाए। अब वे आते ही हैं। मालाएं एकटक नजर मेरी तरफ देख रही हैं। उन्हें गर्दन मिल गई।

मैं मंच पर पहुंच गया। एवज़ में मुख्य अतिथि मैं पहले भी एक बार बन चुका था। तब संस्था के मंत्री ने श्रोताओं से कहा था—हमें बड़ा दुख है कि अमुकजी नहीं आए, इसलिए परसाईजी को मुख्य अतिथि बनाना पड़ रहा है। आशा है, आप लोग हमें क्षमा करेंगे। यह सुनकर भी मैं बेशर्मी लादकर बैठा रहा।

मालाएं मुझे पहनाई जाने लगीं। मुझे इसका अभ्यास कम है। गर्दन भी

अभी मालाओं के अनुकूल नहीं है। कई गर्दनें मैंने ऐसी देखी हैं जैसे वे माला पहनने के लिए ही बनी हों। गर्दन और माला बिल्कुल 'मेड फॉर ईच अदर' रहती हैं। माला लपककर गले में फिट हो जाती है। फूल की मार विकट होती है। कई गर्दनें जो संघर्ष में कटने के लिए पुष्ट कर दी गई थीं, माला पहनकर लचीली हो गई हैं। एक क्रांतिकारी इधर रहते हैं जिनकी कभी तनी हुई गर्दन थी। मगर उन्हें माला पहनने की लत लग गई। अब उनकी गर्दन छूने से लगता है, भीतर पानी भरा है। पहले जन-आन्दोलन में मुख्य अतिथि होते थे, अब मीना बाजार में मुख्य अतिथि होते हैं।

मैंने 10-12 मालाएं पहनीं और मेरी सारी उद्धतता चली गई। फूल की मार बुरी होती है। शेर को अगर किसी तरह एक फूलमाला पहना दो तो गोली चलाने की ज़रूरत नहीं है। वह फौरन हाथ जोड़कर कहेगा--मेरे योग्य कोई और सेवा!

मंत्री माइक पर कहता है—अब परसाईजी हमें दिशा-निर्देश करेंगे। यह तरुणों की संस्था है। मैं इन्हें क्या दिशा बताऊं? हर दिशा में यहां दिशा-शूल हैं। कभी सोचा था कि तकनीकी शिक्षा की दिशा में जाना चाहिए मगर हज़ारों बेकार इंजीनियर हैं। उस दिशा में भी दिशा-शूल निकला।

क्या दिशा बताऊं? ये तरुण मुझ जैसे के गले में यहां माला पहना रहे हैं और इन्हीं की उम्र के बंगाल के तरुण मुझ जैसे की गर्दन काट रहे हैं। कौन-सी सही दिशा है? माला पहनाने की, या गला काटने की?

किसी को दिशा नहीं मालूम। दिशा पाने के लिए यहां की राजनैतिक पार्टियां एक अधिवेशन उत्तर में श्रीनगर में करती हैं, दूसरा दक्षिण में त्रिवेन्द्रम में, तीसरा पूर्व में पटना में और चौथा पश्चिम में जोधपुर में—मगर चारों तरफ घूमकर भी जहां की तहां रहती हैं। बाएं जाते-जाते लौटकर दाएं चलने लगती हैं।

दिशा मुझे मालूम ही नहीं है। कई साल पहले मैं नए लेखक के रूप में दिशा खोज रहा था। तभी दूसरों ने कहा—बेवकूफ, जो दिशा पा लेता है वह घटिया लेखक होता है। सही लेखक दिशाहीन होता है। ऊंचा लेखक वह जो नहीं जानता कि कहां जाना है, पर चला जा रहा है।

दिशा मैंने छोड़ दी। देख रहा हूं, लेखक चौराहे से चारों सड़कों पर जाते हैं। मगर दूर नहीं जाते। लौट-लौटकर चौराहे पर आ जाते हैं और इंतज़ार करते

हैं कि उन्हें उठा ले जाने वाली कार कब आती है और वे बैठकर बाकी लेखकों को 'टा-टा' बोलकर चले जाते हैं। सुना है, बम्बई, कलकत्ता, दिल्ली में तो हवाई जहाज़ से उड़ा ले जाते हैं। मैं दिशा की खोज में जूते घिसता रहा और चौराहे का ध्यान नहीं रखा। देर से चौराहे पर लौटता हूं, देखता हूं, साथ के लोगों को उठा लिया गया है।

नहीं, दिशा मैं नहीं बता सकता। फूल-मालाओं से लाद दो तब भी नहीं। दिशा आज सिर्फ अंधा बता सकता है। अंधे दिशा बता भी रहे हैं। सवेरे युवकों को दिशा बताएंगे, शाम को वृद्धों को। कल डॉक्टरों को दिशा बताएंगे, तो परसों पाकिटमारों को। अंधा दिशा भेद नहीं कर सकता, इसलिए सही दिशा दिखा सकता है।

मैंने श्रोताओं से कहा—मैं दिशा नहीं जानता। फिर मैं बहुत दयालु और शरीफ मुख्य अतिथि हूं। आपको बिल्कुल तकलीफ नहीं दूंगा। मैं भाषण नहीं दूंगा।

श्रोताओं ने लम्बा भाषण सुनने के लिए सारी शक्ति बटोर ली थी। सांप दिखे तो आदमी उससे बचने के लिए स्नायुओं को तीव्र कर लेता है, मांसपेशियां मज़बूत हो जाती हैं। मगर फिर यह समझ में आया कि रस्सी है, तो राहत तो मिलती है, पर साथ ही एक तरह की शिथिलता और गिरावट भी आती है। मेरे श्रोताओं का यही हाल था। जिसे सांप समझे थे वह रस्सी निकला।

बाद में संयोजकों ने कहा—आपने भाषण क्यों नहीं दिया? मैंने कहा—वे श्रोता मेरे नहीं थे। तुम्हारे उन मुख्य अतिथि के थे। मैं दूसरे का मारा हुआ शिकार नहीं खाता।

चुनाव के ये अनंत आशावान

चुनाव के नतीजे घोषित हो गए। अब मातमपुर्सी का काम ही रह गया है। इतने बड़े-बड़े हारे हैं कि मुझ जैसे की हिम्मत मातमपुर्सी की भी नहीं होती। मैंने एक बड़े की हार पर दुःख प्रकट करते हुए चिट्ठी लिखी थी। जवाब में उनके सचिव ने लिखा—तुम्हारी इतनी जुर्रत कि साहब की हार पर दुखी होओ? साहब का कहना है कि उनकी हार पर दुःख मनाना उनका अपमान है। वे क्या इसलिए हारे हैं कि तुम जैसे टुच्चे आदमी दुखी हों? बड़े की हार पर छोटे आदमी को दुखी होने का कोई हक नहीं। साहब आगे भी हारेंगे। पर तुम्हें चेतावनी दी जाती है कि अगर तुम दुखी हुए, तो तुम पर मानहानि का मुकदमा दायर किया जाएगा।

बड़ी अजब स्थिति है। दुखी होना चाहता हूं, पर दुखी होने का मुझे अधिकार ही नहीं है। मुझे लगता है, समाजवाद इसी को कहते हैं, कि बड़े की हार पर बड़ा दुखी हो और छोटे की हार पर छोटा। हार के मामले में वर्ग संघर्ष खत्म हो गया।

मैं अब किसी की हार पर दुःख की चिट्ठी नहीं लिखूंगा। पर जो आस-पास ही बैठे हैं, उनके प्रति तो कर्त्तव्य निभाना ही पड़ेगा। चिट्ठी में मातमपुर्सी करना आसान है। मैं हँसते-हँसते भी दुःख प्रकट कर सकता हूं। पर प्रत्यक्ष मातमपुर्सी कठिन काम है। मुझे उनकी हार पर हँसी आ रही है, पर जब वे सामने पड़ जाएं तो मुझे चेहरा ऐसा बना लेना चाहिए जैसे उनकी हार नहीं हुई, मेरे पिता की सुबह ही मृत्यु हुई है। इतना अपने से नहीं सधता। प्रत्यक्ष मातमपुर्सी में मैं हमेशा फेल हुआ हूं। मगर देखता हूं, कुछ लोग मातममुखी होते हैं। लगता है, भगवान ने इन्हें मातमपुर्सी की ड्यूटी करने के लिए ही संसार में भेजा है। किसी की

मौत की खबर सुनते ही वे खुश हो जाते हैं। दुःख का मेक-अप करके फौरन उस परिवार में पहुंच जाते हैं। कहते हैं—जिसकी आ गई, वह तो जाएगा ही। उनकी इतनी ही उम्र थी। बड़े पुण्यात्मा थे। किसी का दिल नहीं दुखाया। (हालांकि उन्होंने कई लोगों की ज़मीन बेदखल कराई थी।) उन्हें किसी के कुत्ते ने काट लिया हो और वह कुत्ता आगे मर जाए तो भी वे उसी शान से मातमपुर्सी करेंगे—बड़ा सुशील कुत्ता था। बड़ी सात्विक वृत्ति का। कभी किसी को तंग नहीं किया। उसके रिक्त स्थान की पूर्ति श्वान-जगत् में नहीं हो सकती।

मैं कभी चुनाव नहीं लड़ा। एक बार सर्वसम्मति से अध्यापक संघ का अध्यक्ष हो गया था। एक साल में मैंने तीन संस्थाओं में हड़ताल और दो अध्यापकों से भूख हड़ताल करवाई। नतीजा यह हुआ कि सर्वसम्मति से निकाल दिया गया। अपनी इतनी ही संसदीय सेवा है। सोचता हूं, एक बार चुनाव लड़कर हार लूं तो अपनी पीढ़ी का नारा 'भोगा हुआ यथार्थ' सार्थक हो जाए। तब शायद मैं मातमपुर्सी के योग्य मूड बना सकूं।

अपनी असमर्थता के कारण मैं चुनाव के बाद हारे हुओं की गली से नहीं निकलता। पर ये अनन्त आशावान लोग कहीं मिल ही जाते हैं। एक साहब पिछले पंद्रह सालों से हर चुनाव लड़ रहे हैं और हर बार ज़मानत ज़ब्त करवाने का गौरव प्राप्त कर रहे हैं। वे नगर निगम का चुनाव हारते हैं तो समझते हैं, जनता मुझे नगर के छोटे काम की अपेक्षा प्रदेश का काम सौंपना चाहती है। और वे विधान सभा का चुनाव लड़ जाते हैं। यहां भी ज़मानत ज़ब्त होती है तो वे सोचते हैं, जनता मुझे देश की ज़िम्मेदारी सौंपना चाहती है—और वे लोकसभा का चुनाव लड़ जाते हैं।

हार के बाद वे मुझे मिल जाते हैं। बाल बिखरे हुए, बदहवास। मेरा हाथ पकड़ लेते हैं। झकझोर करते हैं—टेल मी परसाई, इज़ दिस डेमोक्रेसी? क्या यह जनतंत्र है? मैं कुछ 'हां-हूं' करके छूटना चाहता हूं तो वे मेरे पांव पर पांव रख देते हैं और मेरे मुंह से लगभग मुंह लगाकर कहते हैं—नहीं, नहीं, तुम्हीं बताओ। यह क्या जनतंत्र है?

मुझे कहना पड़ता है—यह जनतंत्र नहीं है। पिछले 15-20 सालों में जब-जब वे चुनाव हारे हैं, तब-तब मुझे यह निर्णय लेना पड़ा है कि यह जनतंत्र झूठा है। जनतंत्र झूठा है या सच्चा—यह इस बात से तय होता है कि हम हारे या जीते? व्यक्तियों का ही नहीं, पार्टियों का भी यही सोचना है कि जनतंत्र उनकी हार-जीत

पर निर्भर है। जो भी पार्टी हारती है, चिल्लाती है—अब जनतंत्र खतरे में पड़ गया। अगर वह जीत जाती तो जनतंत्र सुरक्षित था।

एक और अनंत आशावान हैं। कोई शाम को उन्हें दो घंटे के लिए लाउड स्पीकर दिला दे तो वे चौराहे पर नेता हो जाते हैं और जनता की समस्या के लिए लड़ने लगते हैं। लाउडं स्पीकर का नेता—जाति की वृद्धि में क्या स्थान है, यह शोध का विषय है। नेतागिरी आवाज़ के फैलाव का नाम है।

ये नेता मुझे कभी शाम को चौराहे पर गर्म भाषण करते मिल जाते हैं। क्रोध से माइक पर चिल्लाते हैं—राइट टाउन में आवारा सूअर घूमते रहते हैं। कॉर्पोरेशन के अधिकारी क्या सो रहे हैं? मैं नगर निगम अधिकारी के इस्तीफे की मांग करता हूं। यह जनतंत्र का मज़ाक है कि राइट टाउन में आवारा सूअर घूमते रहते हैं और साहब चैन की नींद सोते हैं। इस प्रश्न पर प्रदेश सरकार को इस्तीफा देना चाहिए। मैं भारत सरकार से इस्तीफे की मांग करता हूं।

राइट टाउन के आवारा सूअरों को लेकर वे भारत सरकार से पिछले 10 सालों से इस्तीफा मांग रहे हैं, पर सूअर भी जहां के तहां हैं और सरकार भी। मगर ये लाउड स्पीकरी नेता अपनी लोकप्रियता के बारे में इतने आश्वस्त हैं कि हर चुनाव में खड़े हो जाते हैं। उनकी ज़मानत ज़ब्त होती है। पर मैंने उनके चेहरे पर शिकन नहीं देखी। मिलते ही कहते हैं—पैसा चल गया। शराब चल गई। उन्होंने अपनी हार का एक कारण ढूंढ़ निकाला है कि चुनाव में पैसा और शराब चल जाते हैं और वे हरा दिए जाते हैं। वे खुश रहते हैं। उन्हें विश्वास है कि जनता तो उनके साथ है, मगर वह पैसे और शराब के कारण दूसरे को वोट दे देती है। वे जनता से बिल्कुल नाराज़ नहीं हैं। वे इस बात को जायज़ मानते हैं कि मतदाता उसी को वोट दे जो पैसा और शराब दे। अभी वे लोकसभा के चुनाव में ज़मानत ज़ब्त कराने के बाद मिले तो खुश थे। बड़े उत्साह से बोले—वही हुआ। पैसा चल गया। शराब चल गई।

हमारे मनीषीजी छोटा चुनाव कभी नहीं लड़ते। हर बार सिर्फ लोकसभा का चुनाव लड़ते हैं। उनकी भी एक पार्टी है। अखिल भारतीय पार्टी है। लोगों ने उसका नाम न सुना होगा। उसका नाम है 'वज्रवादी पार्टी'। वाद है, 'वज्रवाद' और संस्थापक हैं—डॉ. वज्रप्रहार! इस पार्टी की स्थापना मध्य प्रदेश के एक कस्बे टिमरनी में डॉ. वज्रप्रहार ने की थी और वे जब देश में अनुयायी ढूंढ़ने निकले तो हमारे शहर में उन्हें मनीषीजी मिल गए। पार्टी में कुल ये दो सदस्य हैं और

क्रांति के बारे में बहुत गंभीरता से सोचते हैं। मनीषी फक्कड़ फकीर हैं। पर हर लोकसभा चुनाव के वक्त ज़मानत के लिए 500 रु. और पर्चा छपाने का खर्च कहीं से जुटा लेते हैं। हर बार उन्हें चुनाव लड़वाने के लिए डॉ. वज्रप्रहार आ जाते हैं। सभाएं होती हैं, भाषण होते हैं। मैं देखता हूं, दोनों धीरे-धीरे सड़क पर बड़ी गंभीरता से बातें करते चलते हैं। डॉ. वज्रप्रहार कहते हैं—मनीषी, रिवॉल्यूशन इज़ राउण्ड दी कॉर्नर! क्रांति आने में देर नहीं है। तब मनीषी कहते हैं—पर डॉक्टर साहब, क्रांति का रूप क्या होगा और उसके लिए हमें कैसा 'ऐलान' कर लेना चाहिए, यह अभी तय हो जाना चाहिए। डॉक्टर साहब कहते हैं—वो तुम मेरे ऊपर छोड़ दो। आई शेल गिव यू गाइड लाइंस। मैं तुम्हारा निर्देश करूंगा। पर तुम जनता को क्रांति के लिए तैयार कर डालो।

ये दोनों सच्चे क्रांतिकारी कई सालों से गंभीरतापूर्वक क्रांति की योजना बना रहे हैं, पर पार्टी में तीसरा आदमी अभी तक नहीं आया। इस बार मैंने पूछा—मनीषीजी, डॉ. वज्रप्रहार नहीं आए? मनीषी ने कहा—मेरा उनसे सैद्धांतिक मतभेद हो गया। भारतीय राजनीति की कितनी बड़ी ट्रेजडी है कि जिस पार्टी में दो आदमी हों, उन्हीं में सैद्धान्तिक मतभेद हो जाए। मनीषी ने कहा—उनकी चिट्ठी आई है। इस पर्चे में छपी है। उन्होंने अपना पर्चा बढ़ा दिया—'इंटरनेशनल न्यूज़।' डॉक्टर साहब का बड़ा गंभीर पत्र है—आई एम रिप्लाइंग टु द पॉलिटिकल पार्ट ऑफ योर लेटर।

मनीषी की ज़मानत ज़ब्त हो गई है, पर क्रांति की तैयारी दोनों नेता बराबर करते जा रहे हैं।

एक दिन मैंने पोस्टर चिपके देखे—'जनता के उम्मींदवार सरदार केसरसिंह को वोट दो।' कोई नहीं जानता, ये कौन हैं? जिस जनता के उम्मीदवार हैं वह भी नहीं जानती। किसी ने मुझे बताया कि, वे खड़े हैं सरदार केसरसिंह। मैंने पूछा—आप किस मकसद से चुनाव लड़ रहे हैं? उन्होंने सादा जवाब दिया—मकसद? अजी मकसद यह क्या कम है कि आप जैसा आदमी पूछे कि सरदार केसरसिंह कौन हैं?

एक साहब अभी जनता की आवाज़ पर दो चुनाव लड़ चुके और ज़मानत खो चुके हैं। जनता भी अजीब है। वह आवाज़ देती है, पर वोट नहीं देती। वे तीसरे चुनाव की योजना अभी से बना रहे हैं।

लोग जनता की आवाज़ कैसे सुन लेते हैं? किस 'वेव लेंग्थ' पर आती है यह? मैं भी जनता में रहता हूं, बहरा भी नहीं हूं, पर जनता की आवाज़ मुझे कभी सुनाई नहीं पड़ती। ये लोग आशा के किस झरने से पानी पीते हैं कि अनंत आशावान रहते हैं? इनकी अंतरात्मा में कौन-सी वह शक्ति है, जो इन्हें हर हार के बाद नया उत्साह देती है? मुझे यह शक्ति और अनंत आशा मिल जाए तो कमाल कर दूं। जनतंत्र के इन शाश्वत आशावान रत्नों को सिर्फ प्रणाम करना ही अपने हिस्से में आया है।

साधना का फौजदारी अन्त

पहले वह ठीक था। वह अपर डिविज़न क्लर्क है। बीवी है, दो बच्चे हैं। कविता वगैरह का शौक है। तीसरा बच्चा होने तक यू. डी. सी. का काव्य-प्रेम बराबर रहता है। इसके बाद वह भजन पर आ जाता है—दया करो हे दयालु भगवन! और दयालु भगवन दया करके उसे परिवार-नियोजन केन्द्र को भेज देते हैं, जहां लाल तिकोन में उसे ईश्वर की छवि दिखती है।

वह मेरे पास कभी-कभी आता। कविता सुनाता। कोई पुस्तक पढ़ने को ले जाता, जिसे नहीं लौटाता।

2-3 महीने वह लगातार नहीं आया। फिर एक दिन टपक पड़ा। पहले जिज्ञासु की तरह आता था। अब कुछ इस ठाठ से आया जैसे जिज्ञासा शांत करने आया हो। उसका कुर्सी पर बैठना, देखना, बोलना—सब बदल गया था। उसने कविता की बात नहीं की। सुबह के अखबार की खबरों की बात भी नहीं की थी।

बड़ी देर तो चुप ही बैठा रहा। फिर गम्भीर स्वर में बोला—मैं जीवन के सत्य की खोज कर रहा हूं।

मैं चौंका। सत्य की खोज करने वालों से मैं छड़कता हूं। वे अकसर सत्य की ही तरफ पीठ करके उसे खोजते रहते हैं।

मुझे उस पर सचमुच दया आई। इन गरीब क्लर्कों को सत्य की खोज करने के लिए कौन बहकाता है? सत्य की खोज कई लोगों के लिए ऐयाशी है। यह गरीब आदमी की हैसियत के बाहर है।

मैं कुछ नहीं बोला। यही बोला—जीवन-भर मैं जीवन के सत्य की खोज करूंगा। यही मेरा व्रत है।

मैंने कहा—रात-भर खटमल मारते रहोगे, तो सोओगे कब!

वह समझा नहीं। पूछा—क्या मतलब?

मैंने कहा—मतलब यह है कि जीवन-भर जीवन के सत्य की खोज करते रहोगे, जीओगे क्या मरने के बाद?

उसने कहा—जीना? जीना कैसा? पहले जीवन के उद्देश्य को तो मनुष्य जाने।

उसे रटाया गया था। मैंने फिर उसे पटरी पर लाने की कोशिश की। कहा—देख भाई, बहुत से बेवकूफ जीवन का उद्देश्य खोजते हुए निरुद्देश्य जीवन जीते रहते हैं। तू क्या उन्हीं में शामिल होना चाहता है?

उसे कुछ बुरा लगा। कहने लगा—आप हमेशा इसी तरह की बातें करते हैं। फिर भी मैं आपके पास आता हूं। क्योंकि मैं जानता हूं कि आप भी सत्य की खोज करते हैं। आप जो लिखते हैं, उससे यही मालूम होता है।

मैंने कहा—यह तुम्हारा ख़्याल गलत है। मैं तो हमेशा झूठ की तलाश में रहता हूं। कोने-कोने में झूठ को ढूंढ़ता फिरता हूं। झूठ मिल जाता है, तो बहुत खुश होता हूं।

न वह समझा, न उसे विश्वास हुआ। वह मुझे अपनी तरह ही सत्यान्वेषी, समझता रहा।

मैंने पूछा—तुम एकदम से सत्यान्वेषी कैसे हो गए? क्या दफ्तर में पैसों का कोई गोलमाल किया है?

उसने कहा—नहीं, मुझे गुरु मिल गए हैं। उन्हीं ने मुझे सत्य की खोज में लगाया है।

मैंने पूछा—कौन गुरु हैं वे?

उसने नाम बयाया। मैं उन्हें जानता था।

यू. डी. सी. बोला—गुरुदेव की वाणी में अमृत है। हृदय तक उनकी बात पहुँच जाती है।

मैंने पूछा—दिमाग तक बात पहुंचती है या नहीं?

उसने कहा—दिमाग? दिमाग को तो पलट देती है।

इसका नमूना तो वह खुद था।

वह मेरे पास कभी-कभी आता। उसकी साधना लगातार बढ़ रही थी।

एक दिन आते ही पूछने लगा—बताइए, मैं कौन हूं?

मैंने कहा—तुम बिहारीलाल हो, यू. डी. सी.।

उसने कहा—नहीं, यह भ्रम है। बिहारीलाल तो इस स्कूल-चोले का नाम है। मैं शुद्ध बुद्ध आत्मा हूँ।

मैंने कहा—यार, महीने-भर पहले ही तेरे यहां बच्चा हुआ है। क्या आत्मा बच्चा पैदा कर सकती है?

उसने कहा—आपका यह तर्क गलत है। गुरुदेव ने कहा है, ऐसे प्रश्नों का उत्तर मत दिया करो। कोई भी मेरे इस प्रश्न का ठीक जवाब नहीं देता। पत्नी से मैंने पूछा—मैं कौन हूं? तो वह कहती है तुम मेरे पति हो। बड़े लड़के से मैंने पूछा—मैं कौन हूं? तो वह कहता है—तुम हमारे पापा हो। दफ्तर के साहब से पूछा—सर, मैं कौन हूं? तो उन्होंने जवाब दिया—तुम पागल हो। पर मैं निराश नहीं होता। गुरुदेव ने कहा है, लगातार इस प्रश्न का उच्चारण किया करो—'मैं कौन हूं? मैं कौन हूं? एक दिन तुम इसका उत्तर पा जाओगे और अपने को जान जाओगे।

वह दो-तीन महीने नहीं आया। उसके साथियों ने बताया कि वह पार्क में शाम को 'मैं कौन हूं? मैं कौन हूं?' कहता हुआ नाचता रहता है। दफ्तर में भी दिन भर कहता रहता है—मैं कौन हूं? फाइलों पर लिख देता है। मैं कौन हूं? जहां उसे दस्तख़्त करने होते हैं वहां लिख देता है—मैं कौन हूं?

एक दिन वह फिर आया। वही जीवन के सत्य की बातें करता रहा। गुरुदेव के गुणगान जब कर चुका तब मैंने उससे पूछा—तुम्हारे गुरु ने सत्य को पा लिया?

उसने कहा—बहुत पहले।

मैंने पूछा—वे कहां रहते हैं?

उसने कहा—उनका आलीशान आश्रम है। एयरकंडीशंड है पूरा।

मैंने पूछा—क्या गुरु की आत्मा को गर्मी लगती है?

उसने कहा—गुरुदेव ने ऐसे प्रश्नों का जवाब देने से मना किया है।

मैंने पूछा—तुम्हारे गुरुदेव के पास बढ़िया कार है न?

उसने कहा—हां, है।

फिर पूछा—वे बढ़िया भोजन भी करते होंगे।

उसने कहा—हां, करते हैं।

मैंने पूछा—क्या आत्मा को पकवानों की इतनी भूख लगती है?

उसने कहा—गुरुदेव ने ऐसे प्रश्नों का जवाब देने से मना किया है।

तब मैंने उससे कहा—तुम्हारे गुरु ने जीवन के सत्य को पा लिया है। इधर एअरकंडीशंड मकान और कार वगैरह भी पा लिए हैं। उनके पास पैसा भी है। उन्होंने पैसा भी पा लिया है। याने गुरु की दृष्टि में सत्य वह है, जो अपने को बंगला, कार और पैसे के रूप में प्रगट करता है। अच्छा, यह तो बताओ कि तुम्हारे गुरु को इतना पैसा कहां से मिलता है?

उसने कहा—गुरुदेव के बारे में यह प्रश्न उठता ही नहीं है। वे आलौकिक पुरुष हैं। वे तो भगवान की कोटि में आनेवाले हैं।

मैंने उससे पूछा—तुम यूनियन में हो?

उसने कहा—नहीं, गुरुदेव का आदेश है, कि भौतिक लाभ के इन संघर्षों में साधक को नहीं पड़ना चाहिए।

मैंने कहा—तो फिर गुरु का सत्य अलग है और तुम्हारा सत्य अलग है। दोनों के सत्य एक नहीं हैं। गुरु का सत्य वह है जिससे बंगला, कार और रुपया जैसी भौतिक प्राप्ति होती है। और तुम्हारे लिए वे कहते हैं कि भौतिक लाभ के संघर्ष में मत पड़ो। यह तुम्हारा सत्य है? इनमें कौन-सा सत्य अच्छा है? तुम्हारा या गुरु का?

वह मुश्किल में पड़ गया। जवाब उसे सूझा नहीं तो चिढ़ गया। कहने लगा—आप अश्रद्धालु हैं। ऊटपटांग बातें करते हैं। मैं आपके पास नहीं आऊंगा।

वह नहीं आया मगर मुझे समाचार मिलते रहते थे कि साधना उसकी लगातार बढ़ रही है। वह दफ्तर के काम में गफलत करता है। फाइलों पर नोट की जगह लिख देता है—मैं बिहारीलाल नहीं हूं। मैं नहीं जानता, मैं कौन हूं? मैं अपने को खोज रहा हूं।

और एक दिन मुझे खबर मिली कि वह सस्पेंड कर दिया गया है।

एक दिन उसका एक साथी मुझे मिला। मैंने उसके बारे में पूछा तो उसने बताया कि वह गुमसुम रहता है और कुछ सोचता रहता है।

मैंने पूछा—'मैं कौन हूं? प्रश्न करता है या नहीं?

उसने बताया—अब 'मैं कौन हूं?' प्रश्न नहीं करता। शायद उसे उत्तर मिल गया है। साधना का मामला है।

काफी दिन बीत गए।

एक दिन वह अचानक आया। वह बदल गया था। दुखी था पर उसमें एक खास किस्म की दृढ़ता भी आ गई थी। उसने सस्पेंड होने और व्यक्तिगत मुसीबतों की बातें बताईं। सत्य-चर्चा उसने बिल्कुल नहीं की।

उसने कहा—मैं आपके पास इसलिए आया था कि कोई अच्छा फौजदारी वकील करा दीजिए। आप तो बहुत वकीलों को जानते हैं।

मैंने कहा—मामला क्या है?

उसने कहा—मैंने फौजदारी की है। केस चलेगा।

मैंने पूछा—कैसी फौजदारी?

उसने तब मुझे बताया—आप तो मुझे साल-भर से देख ही रहे हैं। मैं सत्य की खोज में लगा था। 'मैं कौन हूं?' के सिवा और कोई धुन मुझे नहीं थी। मैं इसमें बरबाद हो गया। जिन गुरुदेव ने मुझे इस रास्ते पर लगाया था, उनके पास मैं परसों गया। वे बोले—आओ साधक, बैठो! उस समय दो स्त्रियां उनके शरीर की मालिश कर रही थीं। मालिश निबटने के बाद उन्होंने मुझे अपनी पवित्र आंखों से देखा। पूछने लगे—साधना कैसी चल रही है? मैंने कहा—गुरुदेव, साधना तो सफल हो गई।

वे चौंके। पूछा—'मैं कौन हूं?' इस प्रश्न का उत्तर मिल गया?

मैंने कहा—नहीं, पर इस प्रश्न का ठीक उत्तर मिल गया कि तुम कौन हो?

और साहब, मैं गुरु पर टूट पड़ा। खूब पिटाई की। अब मुझे एक अच्छा वकील दिला दीजिए।

❑❑❑